愛人的頭顱

蔡駿 著

目錄

愛人的頭顱

現在是午時三刻，驗明了正身，監斬官一聲令下，不管你們相不相信，我的人頭已經落地了，不是我趴到了地上，而是我的身體與頭顱分家了，也就是說，我被砍了腦袋。

但奇怪的是，我無法確定我是否死了，我能肯定的是我的靈魂目前還沒有出竅，它實在太留戀我的肉體，以至於賴在我的頭顱中不肯走了。還好，它沒有留在我的胸口，否則我得用肺思維。

劊子手的大刀剛剛沾到我的脖子的時候，我的確是在害怕地發抖，你們可千萬不要笑我。

從鋒利的刀口接觸我到離開我，這中間不足半秒，可我的生命已經從量變到質變了。接下來，我發現自己處於一種自由落體的感覺，我開始在空中旋轉，在旋轉中，我見到了我的身體，這身體我是多麼熟悉啊，而現在，它已經不再屬於我了。而我的脖子的橫剖面，則是我生平第一次見到，那裏正在不斷地噴著血，濺了那忠厚老實的劊子手兄弟一身。而我的四肢則在手舞足蹈，彷彿在跳舞，也像是在打拳。突然，我的嘴巴啃到了一塊泥土，這真讓人難過，我的人頭落地了，但以這種方式實在有失體面。我在地上彈了幾下，直到我的位置正了為止，還好，現在我僅剩下的這麼一小截脖子，正端端正正地接在地面上，避免了我所深為擔憂的上下顛倒或是滾來滾去被人當球踢的可怕局面。

再見了，我的身體，現在你正被他們拖走，運氣好的話也許是去埋葬，運氣不好的話只能是去餵狗了。身體離開了我的視野，剩下的只有我的一大灘血，在不知疲倦地流淌著，最後它們將滲入泥土，滋潤那些可愛的小草。

正當我在地上思緒萬千的時候，不知哪位揪著我的頭髮把我拎了起來。然後我不斷地晃晃悠悠，彷彿是在天上飛，我只能看到那傢伙的腰帶，我想出口罵他，可我的聲帶一半留在了這，一半留在了我的身體上，我輸送氣流的肺與氣管也與我永別了，所以，我只能向他乾瞪眼。

我被掛在了城門上，一根細細的繩子一端繫著城垛，一端繫著我的頭髮。在我的下巴下面幾尺就是城門了。京城還算是繁華，南來北往的人總是要從我的下面穿過，他們每個人都要注視我一番，當然，我也要注視他們一番。這些男男女女有的對我投來不屑一顧的目光；也有的要大吃一驚，然後摸摸自己的脖子，這種人多數是我的同類；還有的則搖頭歎息，以我為反面教材教育後世千秋萬代；也有一二文人墨客借機詩性大發，吟詠一番人生短暫；更有甚者，見到我就朝我吐口唾沫，幸虧我被掛在高處，否則早就被唾沫淹沒了。

太陽把我照得暈頭轉向的，成群結隊的蒼蠅已經開始向我進攻了，牠們嗡嗡地搧著翅膀，可能是把我當成了一堆屎。更可怕的是有幾隻噁心的蛆蟲鑽進了我的頭顱，瘋狂地啃噬著我的口腔和腦子，真不知道牠們是從哪兒鑽出來的，也許這就是徹底腐爛的前兆。一想到我的腦袋即將變成一具臭氣熏天的骷髏頭，中間還住著一個不散的陰魂，我就為城市的環境衛生而擔憂。

漫長的一天即將過去了，夕陽如血，也如同我的頭顱。我發覺夕陽的確與現在的我類似，都是一個沒有身體的圓球，只不過它掛在天上，我掛在城門上。

入夜以後，許多鬼魂在我的周圍出沒了，他們似乎非常同情我，對我的悲慘遭遇表示同情。但我不想理會他們，我只有一個願望，讓我的靈魂快一些出竅吧。

我趕走了那些孤魂野鬼，只想一個人靜一靜。我還是有感覺的，晚風吹過我的面頰，徹骨的寒冷貫穿於我的頭顱深處。我不痛苦，真的，不痛苦。

但是我又突然地痛苦了起來。

我想到了——她。

不知什麼時候，一輪如勾的新月掛上了中天，高高的宮牆下，執戟的羽林郎們都困倦了，他們沒注意一個白色的影子從紅牆碧瓦中閃了出來。白色的影子在你們的面前忽隱忽現，輕輕地穿越宵禁的街道，讓人以為是神出鬼沒的幽靈。

她的腳步彷彿是絲綢做的，輕得沒有一點聲音，你們只能聽見夜的深處發出的回響。現在能看到的是她的背影，白色的背影，在一片黑夜中特別顯眼，可在宵禁的夜晚，她正被活著的人們所遺忘。

還是背影，但可以靠近一些看，白色的素衣包裹著的是一個撩人的身體，那身體有著完美的曲線，完美無缺的起伏就像暗夜裏的雲。所以，你們很幸運，請把焦點從她細細的腰支移到她的頭髮，盤起的頭髮，悄悄閃著光澤。但是，你們不能胡思亂想，因為這身體，永遠只屬於一個人，那個人就是我。

如果她能允許，你們也許可以見到她的側面，這樣的話，就可以看清她的全部身材，那簡直就不是人間所能有的。她終於來到了城門下，盯著那顆懸掛著的人頭，她此刻依舊鎮定自若，平靜地注視著那張熟悉的臉。

城門下的一個年輕的衛兵已經熟睡了，也許他正夢到了自己思念的女孩。而你們所看到的白衣女子輕輕地繞過了衛兵，走上了城門。她來到高高的城垛邊，整個城池和城中央巍峨莊嚴的宮殿都在眼前了。你們可以順著長長的城牆根子看過來，看到她緩緩拿起吊著人頭的繩子，直到把那顆人頭捧在懷中。

我現在躺在她的懷中，從她的胸脯深處發出一種強烈的誘人氣味滲入我冰冷的鼻孔。她的雙手是那樣溫暖，緊緊地捧著我，可再也無法把我的皮膚溫熱了。她用力地把我深深埋入她的身體，彷彿要把她的胸口當作埋葬我的墓地。我的臉深深陷入其中，什麼都看不見，一片絕對的黑暗中，我突然發現眼前閃過一道亮光，亮得讓人目眩，那是她的心，是的，我看見了她的心。

你們也許在為這場面而渾身發抖吧。這女子穿的一襲白衣其實是奔喪的孝服，已被那顆人頭上殘留的血漬擦上了幾點，宛若幾朵絕美的花。她抱得那樣緊，彷彿抱著她的生命。

月光下，你們終於看到她的臉了，那是一張美得足以傾城傾國的臉，就像是剛從古典的壁畫中走出來似的。也許你們每個人都有上前碰一碰她的願望，你們將為她的臉而永生難忘。

但現在，她的臉有些蒼白，面無血色，可對有些人來說，這樣反而顯得更有誘惑力，這是一種淒慘到了極點的美。

血淋淋的頭顱在她的懷中藏了很久，她漸漸地把人頭向上移，移過她白皙的脖子，玲瓏的下巴，胭脂般的紅唇，直而細的鼻梁，兩泓深潭似的眼睛，九節蘭似的眉毛和雲鬢纏繞的光滑額頭。你們吃驚地發現，她大膽地與死人的頭顱對視著，雙手托著帶血的人頭下端。她一點都不害怕，平靜地看著對方。

那顆人頭的表情其實相當安詳，彷彿沒有一絲痛苦，嘴角似乎還帶有微笑，只是雙眼一直睜開，好像在盯著她看。在月光下，你們如果有膽量的話，可以看到這張瘦削的臉一片慘白，但又並非你們想像中那樣可怕。

我允許你們看我的臉。

她的雙手帶著我向上移動，我感到自己如一艘小舟，駛過了一層層起伏的波浪。終於，我和她四目對視著。她不哭，她面無表情，但我知道她悲傷到了極點，所以，她現在也美到了極點，尤其是她穿的一身守節的素衣更襯托了這種美。

我想讓她知道我正看著她，就像現在她看著我，我一切都明白，但我被迫沈默。

她的嘴唇真熱啊。

你們不該偷窺到白衣女子吻了那顆人頭。

沒錯，她的火熱的嘴唇正與那死去的嘴唇緊緊貼在了一起。死人的嘴唇一片冰冷，這冰冷同時也刺穿了她的皮膚。可她不介意，好像那個人還活著，還是那個溫暖了她的嘴唇的人，現在只不過他著涼了，他會在火熱的紅唇邊甦醒的。會嗎？

長吻持續了很久，最後女子還是鬆開了自己的嘴。然後輕輕地對他耳語了幾句。

不許你們偷聽。

我們回家吧。

她在我耳邊輕輕地說了這句話。這聲音與一個月前，一年前，甚至一百年，一千年前一樣，極富於磁性，就像一塊磁鐵能吸引所有人的耳朵。她把我捧在懷裏，走下了城門，年輕的衛兵依然在夢鄉深處。她雙手托著我，悄悄地出了城，在荒涼的野外穿行，不知走了多久，我彷彿看到了燈光。

你們繼續跟著她，穿過荒原，有一大片漫山遍野人跡罕至的竹林，在竹林的深處，有一間草廬，她走進草廬，點亮了一盞油燈，朦朧閃爍的燈光使你們可以看到屋子裏鋪著幾張草席和一個案几，除此以外只有一個乘滿了熱水的大木桶。

油燈下的她似乎有了幾絲血色，她點燃了一束珍稀的天竺香料，從而散發出了一種濃烈的香味，這香味很快就驅散了死人頭顱的惡臭，從而也可以讓你們的鼻子好過一些。然後她輕輕地把人頭浸入水桶中，仔細地為他洗頭，當然這對一個人頭來說等於就是洗澡了。已凝結的血接觸到了熱水又化了開來，水桶中變得一片殷紅。

水，滿世界的水浸滿了我的頭顱。這水冒著熱氣，從我脖子的切口直灌入我的口腔和腦子，水淹沒了我的全部，淹沒了我的靈魂。別以為我會在水中掙扎，事實是我的靈魂正快樂地在水中游著泳。那些可惡的蛆蟲不是淹死就是燙死了，牠們的屍體從我的脖子下流了出去。我僅存的肉體和我的靈魂都在水中感到了無限的暢快，我們誕生於水，我們又回歸於水，水是生命，我對此深信不疑。

你們在恐懼中發抖吧，看著她把人頭洗完，再用毛巾擦乾。現在那人頭乾乾淨淨的，兩眼似乎炯炯有神，如果不是沒有身體，也許你們還會以為那是一個生氣勃勃的大活人呢。接著她又為他梳頭。她從袖中掏出了一把木梳，木梳是用上好的木料做的，雕工極其精致。她梳得很仔細，雖然油燈如豆，但每一根頭髮都能分辨出來。過去她常為他梳頭，通常是在沐浴之後，他長長的頭髮一直披散到腰際，梳頭有時要持續一個時辰之久。以往她會溫柔地分開他的頭髮，浴後的頭髮濕濕地冒著熱氣，溫順的被她的木梳征服。這中間他們一言不發，靜靜地享受著。在她為他梳完頭後，他又會為她梳頭，又是一個時辰。這些你們不必知道，你們現在只會感到死人頭髮的可怕，不會察覺到她依舊是用著那雙溫柔的手，一切都與過去一樣，只是不同的是，他失去了她所不能割捨的他的身體，再也不能為她梳頭了。

終於梳完了，她為他挽了一個流行的髮髻，輕輕地把他放在案几上。接下來，她開始脫下自己沾上血污的那身白衣，變得一絲不掛。非禮勿視，如果你們還講道德的話，請不要看了，離開這裏，永遠離開這裏。

她看著我，我也看著她，看著她光滑的身體，在油燈下泛著一種奇特的紅光，她彷彿變成了一團紅色的火，在新換的一桶熱水中浸泡著。她身上的這團火曾灼熱地燃燒過我，現在依然在燃燒我。過了許久，她跨出了水桶，重又把我緊緊地抱在懷中，躺倒在草席上，她帶著我入夢。在夢中，我們說話了。

當我重新看到這世界的時候，我能感到我的臉頰上，有一種發燙的液體在滾動著，這是她的淚水。陽光透過竹葉和窗，闖進我的瞳孔中，我隱居的靈魂被它打動。

我被進行了全面的防腐處理，首先我的頭顱內部的所有雜質都被清除了，只剩下口腔，鼻腔和腦子。然後我被浸泡在酒精與水銀中，讓這兩種液體滲透到我每一寸皮膚與組織。接著她又往我的腦袋裏塞了許多不知名的香料與草藥，這些東西有的是專門從遙遠而神秘的國度運來的，有的則是她從深山老林中採集而來的。總之這幾十種珍稀材料再加上一種幾乎失傳了的絕密配方，經她的精心調製已成為了世所罕有的防腐藥，被安放在我頭顱深處的許多角落。這一切都是她親手完成的。最後，我的脖子上那塊碗大的疤被她用一張精緻的鐵皮包了起來，鐵皮內側還貼了一層金箔，以確保永不生銹。

從此以後，我變成了一個木乃伊。

我不知道木乃伊意味著什麼，尤其像我這種陰魂不散的特殊情況。我的靈魂早就應該出竅了，可他也許將永遠居住在我這個千年不化、萬年不朽的頭顱中。別人是不是也與我一樣，反正這種事一個人只能經歷那麼一次，至於是不是人們平時所說的那樣，那就只有像我這樣的過來人知道了，可一旦人頭落地了，又怎麼才能把真相大白於天下呢？我是該慶幸還是悲傷？我究竟算是英年早逝還是長生不老？我的思緒一片混亂，宛如一個躺在床上的癱瘓者，對一切都無能為力，剩下的只有敏銳的感覺和胡思亂想。

她來了，還是一身白衣，她捧著我走出了草廬，她帶著我在竹林中散步，呼吸新鮮空氣，只可惜我連肺都沒了，實在無法享受空氣。竹林中充滿了鳥鳴，迎面吹來濕潤的風，我的心情一下子豁然開朗，儘管我已經沒有心了。以後的生活也許就是這樣度過的，可她呢？我注視著她，突然心如刀絞。

在我木乃伊生涯的第一天，我的靈魂已淚流滿面。

十年以後的一個正月十五，京城的元宵燈會，使全城萬人空巷。在熙熙攘攘，摩肩接踵的人群中，你們中的一個會看到一個三十歲的美麗少婦拎著一個蓋著的竹籃看燈。她美得驚人，渾身上下散發著一股成熟的魅力。她使你著迷，你不得不尾隨在她身後，儘管你是一個道德高尚的謙謙君子，但你無法自已。人很多，站在後面的許多人都掂著腳看，有的人把小孩舉起放在頭頂，你卻看到那白衣少婦把竹籃高高地舉過頭頂。突然有人撞了她一下，也許就是你，當然就算你是有心的也是可以原諒的。竹籃被撞到了地上，你驚奇地發現，居然從竹籃裏滾出了一顆年輕男子的人頭，幾乎把你嚇昏過去。同時，人們都被嚇壞了，女人們高聲尖叫，孩子們一片啼哭，人們驚慌失措地四散奔逃，甚至有人去報官。但你卻壯著膽子躲起來偷看，只見少婦小心地捧起了人頭，滿臉關切地對人頭說，摔疼了沒有?語氣溫柔，就好像你的妻子對你說話一樣。她輕輕地把人頭放進了竹籃裏，重新蓋好，快步離開了這裏，出城去了。你的好奇心使你繼續勇敢地跟著她，走了很遠，直到一片無邊無際的莽莽竹林，古人說遇林莫入，你終於退縮了。

她帶我去看了元宵燈會，她明白我活著的時候一直都很熱衷於燈會。但還是給人們發現了。

我已經做了十年木乃伊，我開始習慣了我的生活，雖然我宛如一個囚徒。失去了身體，反而更讓我沈浸於一種靈魂的思考中。我發覺我們每個人自誕生的那天起就被判了無期徒刑，終身要囚禁在肉體的枷鎖中。肉體是靈魂的起源，同時也是靈魂的歸宿，靈魂永遠都無法掙脫肉體，就如魚永遠都無法離開水，當然，我是個特例，但我的靈魂也無法離開我早已死亡了的頭顱。

又過了十年，一個月光如洗的夜晚。在這十年中的每一天，你都無法忘記十年前的元宵燈會上見過的那個白衣女子，你幾乎每夜都夢到她，還有那顆人頭。這是怎麼一回事，你百思而不得其解，終於在今夜，這強烈的衝動使你走進了那片廣闊的竹林。

你迷路了，在無邊無際的竹林中，你失去了方向，你開始近乎絕望了起來，你後悔自己為什麼要被十年前那與你毫無關係的女人所著迷，是她的美麗？還是她的神秘？你仰頭問天，只準備等死。

突然，你聽到了一種絕美的琴聲，從竹林的深處，你循音而去，淒涼的古琴聲把你們帶到了音樂的源泉。還是那個白衣女子，只不過如今她已是四十歲的女人了，不可抗拒的歲月在她美麗的臉上刻劃著痕跡。她正全神貫注地彈奏著一曲七弦琴。令你大吃一驚是，在她的正對面，擺放著一顆人頭，竟與十年前元宵節上看到的人頭一模一樣，還是那張年輕的臉，沒有一絲改變。

你明白這世上再也找不出比七弦琴更優雅的樂器了，這張由桐木做成的三尺六寸六分的神奇之物差不多濃縮了整個古典的中國。在這樣的夜晚，由這樣的人和這樣的琴所奏出的是一種怎樣的旋律呢?你一定陶醉了吧，正如古人說的——獨坐幽篁裏，彈琴復長嘯。深林人不知，明月來相照。如果不是那顆令你毛骨悚然的人頭存在，說不定你會擊節叫好的。

突然，琴弦斷了，一定有人偷聽，我的耳邊傳來了有人落荒而逃的聲音。別去理他，她輕輕的對我說。她的聲音還是那樣動人，只是她已經開始老了，而我還是二十年前的那張年輕的臉。現在的她和我在一起，宛如母與子，這其實對她很殘忍。

二十年來，我的靈魂鎖在我的頭顱中無所事事，我只有以寫詩來打發時光，截止今晚我已在我的大腦皮層上記錄了三萬七千四百零九首。我相信其中有不少足以稱為千古絕唱，但它們注定了不可能流傳後世，這很遺憾。

自打你在那晚奇跡般地逃出了竹林，又不知不覺地過了三十多年，你已經很老很老了，你忘不了那片竹林，於是你決定臨死以前再去看一看。你在竹林中找了很久很久，終於找到了一個草廬，草廬的門口坐著一個老太婆，駝著背，滿頭白髮，一臉皺紋，牙齒似乎都掉光了，雖然現在她已醜陋不堪，但你一眼就認出了那件白衣。一定是她。你明白，她撩人心動的歲月早已過去了。

你看見她拄著一根竹杖艱難地站了起來，她似乎連路都走不動了，她捧起了一個人頭。

天哪，還是四十多年前元宵節中見到的那顆人頭，還是那麼年輕，看上去只有二十來歲，就像是她的孫子，或是重孫，依然是完好無損，彷彿是剛剛被砍下來的。不知是著了什麼魔法，還是真的遇上了駐顏有術的神仙。

她對你說話了，她要求你把她和這顆人頭給一起埋了。

你無法拒絕。

你照辦了。

她抱著這顆神奇的人頭，躺進了你挖的墳墓，然後，你埋葬了他們。

我在她的懷中，她年邁的雙手緊緊抱著我，一個老頭把土往我們的身上埋。漸漸的，我什麼都看不見了，她的呼吸也越來越微弱。在一片黑暗中，她屏著最後的一口氣，輕輕地說——

一切都結束了。

一切都結束了，我在黑暗中沈睡了很久，也許五百年，也許一千年。緊緊抱住我的那個人早已變成了一堆枯骨了。

突然有一天，陽光再次照射進了我的瞳孔，我的靈魂再次被喚醒。有人把我托出了泥土，他們驚叫著，他們穿著奇特的服裝，他們以驚訝的目光注視著我。他們是考古隊。

現在是西元二〇〇〇年，你們可以在一家博物館中找到一個古代人頭的木乃伊，被陳列在一個受到嚴密保護的防彈玻璃櫥窗中。這是一個年輕男子的人頭，一旁的講解員在向源源不斷而來一睹古人風采的觀眾們講解道：他是我國的國寶，保存之好可說是世界之最，遠遠超過了埃及法老或是其他的木乃伊，說明了我國古代的防腐術已達到了前不見古人、後不見來者的水平，至於其中的方法和原因，各國的科學家仍在繼續研究，同時出土的還有一具老年女性的遺骸，等等。

在博物館中涅槃永生的我突然見到了一個女子，穿著白色的衣服，長著那張陪伴我一生的臉，和她太像了。

白衣的女子走到我的面前，隔著玻璃仔細地看著我，我彷彿能從她的瞳孔中看到什麼，她看了許久，好像有什麼話要說，最後又沒有開口。她終於走開了，和一個年輕的男子手拉著手，那男子就是你。

你聽到她對你說：「真奇怪，過去我好像在夢中見過他。」

「見過誰?」
「他，那顆人頭。」
請你告訴她——
這是愛人的頭顱。

一個少年之死

人生五十年，輪轉變化中，短促如夢幻。天地之萬物，無有不死滅。」

——摘自能劇幸若舞《敦盛》

一

馬蹄踏著人的身體往前衝刺著，就像是在淤泥中行軍，死人的鎧甲破碎了，黑色的血沾滿了馬蹄和牠前胸的皮毛。熊谷直實的馬蹬上掛著十幾顆人頭，這些人頭有著各種各樣的表情，喜怒哀樂一應俱全，有的皮膚白淨宛如貴族，有的滿臉血污面目全非。他一口氣衝到了海灘上，幾乎被人血染紅的海水反射著的陽光突然呈現了一種驚人的美。直實覺得奇怪，為什麼會產生這樣的感覺。於是他有些目眩，他看見海面上有幾艘戰船在顛簸著，一之谷的火光像從高天原上丟下的火種一樣，星羅棋布地燃燒。

沙灘軟軟的，不時有海水湧上來，被馬蹄濺起，鹹澀的海水打在直實的臉上，涼涼地滲入了皮膚。終於在死屍堆中見到了一個活人，在百步開外，騎著一匹漂亮的白馬，頭戴有著金光閃閃的龍鳳前立的筋兜，筋兜下是漆黑光亮的護面甲，身著的是赤色條紋的胴具足。身後插著一支平氏紅旗，就像所有的衣著華麗得像京都貴族那樣的平家大將。直實緊了緊馬刺，舞劍追了上去。那人似乎不太會騎馬，一個勁地用馬鞭狠狠地抽打著，馬卻始終在原地打轉。熊谷直實很快就追上了他，揮起沾滿血跡的劍砍在了對方的馬上，那匹漂亮的白馬立刻跳了起來，把騎馬的人重重地掀了下來。

那人倒臥在了沙灘上，失去了抵抗能力，金色的頭盔和紅色的鎧甲還有全身繪製的美麗條紋的裝飾一起一伏，就像海浪般放著光澤——一隻受傷的虎，直實在心中冒出了這樣的比喻。然後他跳下了自己的大黑馬，把劍架在了對方的脖頸上準備砍下去，在此之前，他先揭去了那人的頭盔。

他看到了一張少年的臉。

熊谷直實楞住了，怎麼是個少年？為什麼不是滿臉絡腮鬍或是留著八字鬍的中年人，至少應該是一個青年武士。

然後他仔細地看著少年的臉。那張光源氏般的臉蒼白地像個塗抹脂粉的歌伎，細細的眉毛，大而明亮的眼睛，嘴上只有一圈淡淡的絨毛，兩片勻稱的嘴唇倒是像血一樣鮮紅，連同那小巧的下巴，越發地像個女人。

少年的眼睛雖然明亮，卻一副無動於衷的樣子，嘴角忽然漾起了淡淡的微笑，讓人不可思議。直實突然覺得那雙眼睛是那樣熟悉，熟悉地與自己的眼睛一樣。

二

那雙眼睛注視著清晨的薄霧所籠罩著的信濃群山，上百隻棲息在樹林裏的大鳥受到了驚嚇發出嗚叫和拍打翅膀的各種聲音，向那更為高竣的山峰遨翔而去。

在那雙眼睛裏，父親右臂上有一道長長的口子，來不及包紮，鮮血剛剛凝固，只能用左手握著劍。直實的頭盔不知在哪兒丟了，於是父親把自己的黑色筋兜戴在了兒子頭上。

那是直實的第一次騎馬，十五歲的他渾身顫抖著，腰上的雙刀還沒用過，兩條大腿外罩著的魚鱗甲片上卻已濺滿了血，那是別人的血。他緊緊地抓著韁繩，跟在父親的身邊，帶著父親體溫的筋兜讓他的頭皮溫暖了一些。

父親清點了一下自己的部下，只剩下十來個人了，他看著四周幽暗的叢林和自己疲勞不堪的馬，輕輕歎了一口氣。然後他對兒子說，跟我一起去死吧。

直實睜大了眼睛無法回答，突然他聽到了從樹林外傳來了隆隆的馬蹄聲，彷彿是一支大軍。直實把頭埋進馬鬃裏，過了一會兒終於抬起頭，把眼淚抹掉了。

父親粗糙的大手輕輕地摸了摸兒子的臉，然後緊了緊馬刺，第一個衝出了樹林。

他此刻感覺父親騎在馬上的背影突然就像個毗沙門天王一樣，身後的十幾名武士也縱馬衝了出去，他們發出奇怪的吼叫，像一群野獸。最後直實的馬在打了好幾個圈子以後終於也衝了出去。

衝出樹林的一瞬，陽光立刻驅散了霧靄深深地刺入了他的瞳孔，他感到就像銳利的箭刺入自己的頭顱一樣痛苦。然後他聽到四周全是一片刀劍撞擊的聲音，刺耳，尖銳，四下張望，還看到了不時有火星從帶血的劍鋒上迸出。最前頭父親的背影依然挺拔，他左手舉著劍劈殺著，好幾個對方的武士被他砍落了馬，誰都不敢靠近他，最終，他所有的部下都死光了，只剩下父子兩個被上百人被圍在了中央。

父親的馬死了，直實也被從馬上掀了下來，他們徒步走到一棵大樹下。父親看了看兒子，臉上露出了一種幸福的笑容，這笑容讓直實一輩子都難以理解。然後父親對他說，我先死，然後你跟著我死，記住，必須自己動手。

父親脫下了甲衣，露出了鮮亮的胸膛，接著他從容不迫地把佩在腰間的短劍刺入了自己的腹部。他一邊切一邊看著兒子，說著，兒子，看清楚了嗎？就是這個樣子，別害怕，一點都不疼。

他又把劍向下猛切，開了一個幾寸長的口子，然後又把刃口猛地向左一轉，又是一個長長的口子，鮮血這才像一群活蹦亂跳的魚一樣游出了他的皮膚，染紅了他的身體和甲冑。可他繼續保持著那種幸福的笑容，看著兒子，輕輕地說，兒子，看清楚，你也要像我一樣，就是這個樣子。

接著，直實看到父親的腸子流了出來，他沒有想到人的腸子居然是如此鮮豔奪目，像一群被塗上彩色的泥鰍。這時他才發現父親的滿臉都是豆大的汗珠，痛苦地喘著粗氣了。父親突然叫了出來，快，用你的長劍，砍下我的首級，我受不了了。

直實嚇得手足無措，他抽出了腰間的劍，卻楞楞地站著。

兒子，被楞在那兒，快砍下我的人頭，別人正看著我呢，我忍不住了，快。

直實這才掃視了周圍的一圈人，個個騎著馬，表情沈默嚴肅，彷彿是在給他們的主人送葬。

他突然想哭，卻又哭不出，他終於舉起了劍，長長的劍刃反射著奪目的陽光，父親看著他，雖然越來越痛苦，卻恢復了那種幸福的笑容。劍既然已經舉起，就不可能再放下了，直實揮動了手臂，劍最後是以慣性砍到了父親的脖子上的，鋒利的劍刃切開了父親的脊椎骨，他能清楚地聽到骨頭裂開的聲音。

兒子，別停，要一劍就把人頭砍下來。這是父親最後的一句話。

十五歲的直實終於用盡了全身的力量，就像鋸木頭一樣在父親的脖子裏抽動利劍，費了好大的勁才把父親的人頭砍了下來。

他只感到自己的劍突然失去了目標，重重地摔在了地上，發出了清脆的聲響。而與此同時，父親的人頭也掉到了地上，被砍斷的脖子裏噴出了許多血，濺在了直實的臉上，而父親的雙手仍有力地握著短劍深深地刺在自己的肚子上。他看到父親失去了頭顱的身體抽搐了幾下，居然沒有倒下，依然保持著盤腿而坐的姿勢，而父親掉在地上的人頭，則仍舊以那種幸福的笑容看著自己的兒子。

他看著自己的父親，然後又看了看周圍的人們，他還是想哭，可還是哭不出來。

他對他們說，求求你們，幫我埋了我父親。那些沈默的武士點了點頭。

然後，他也脫下自己的筋兜，剝去衣服，露出了十五歲還未成熟的身體。他也像父親一樣把沾著父親的血的劍撿了起來，把劍尖對準了自己的腹部。

陽光奪目，他閉上了眼睛。

你走吧。一個聲音傳入了他的耳朵。

他睜開了眼睛，看到了對方為首的一個全身黑甲的人騎在馬上對他說話。

讓我死吧。

你已經證明了你的勇氣，你還是個孩子，我不殺你，你快走吧。全身黑甲的人面無表情地說著，語調平緩柔和，彷彿是在與自己的兒子對話。

直實終於鬆開了手，劍又一次掉到了地上，他看著那個人，記住了黑甲之下的人的臉，和那雙鷹一般的眼睛。他慢慢地穿上了衣服，但他丟掉了父親的筋兜，他站了起來，前面的武士為他讓開了一條路。他一步一步慢慢地走了出去，很久才消失在黑甲人的目光中。

在無邊無際的山谷裏，他的眼淚始終沒有像自己希望地那樣流出眼眶。

三

你叫什麼名字？

平敦盛。

你幾歲了？

虛歲十六。

四

一副面具，長著獠牙的面具。在黑暗的大海邊，面具張開了嘴，嘴裏有一把劍，

劍光掠過平緩的沙灘。然後，平敦盛看到自己的頭顱不見了，他哭了，一邊哭一邊找，他找遍了整個沙灘，都沒有找到。最後，他掀去了那個面具，發現自己被砍下的頭顱正在面具之下對他微笑著。於是他撿起了自己的頭顱，拎在手上，向京都的方向跑去，一邊跑，他發現自己手上的人頭正在由孩子漸漸地成長，眉毛變濃了，鼻子變高了，唇鬚也長出來了，殘存的半截喉結也開始鼓鼓囊囊了。他沿著海邊跑啊跑，沒有腦袋，他不知道自己是怎麼看清這一切的，等他

終於跑到京都的羅生門下的時候，自己被砍下的人頭已經變得白髮蒼蒼，滿臉皺紋，牙齒都掉光了，可拎著人頭的身體卻依然還是個小孩。這時候，他聽到自己的人頭說話了：櫻花已經謝了。

就在這個時候，平敦盛突然從這個奇異的夢中驚醒了，自言自語地說著，櫻花已經謝了。他滿頭大汗，坐在鋪席上，大大的眼睛在黑暗中摸索。終於，他爬了起來，輕輕地拉開了門，走在昏暗的長廊裏。他的眼睛終於適應了長廊裏的光線，兩邊裝飾著華麗的圖畫和盔甲，還有一面面錦緞絲帛。突然從一間巨大的拉門裏，他聽到了什麼奇怪的聲音，於是他悄悄地走了進去。

在那間供奉著平家祖宗靈位的宮殿般莊嚴的大房間裏，閃著幽暗的燭光，平敦盛看見了三個人，一個站著的是父親，另一個跪著的女人幾乎一絲不掛，用長長的頭髮掩著臉，還有一個青年男子也跪著，敦盛不認識他，但從那衣冠可以看出是個貴族子弟。父親從腰間抽出了劍，高高舉起，一劍砍下了那青年男子的人頭，那人頭在光滑的地板上滾動著，一直滾到敦盛的腳下。敦盛嚇得臉色蒼白，躲在黑暗的角落裏不敢發出一點聲息，他看著那人頭，人頭也在看著他，那人的臉很白，也很漂亮，描著蟬眉，嘴唇上也好像塗過什麼。人頭的眼睛大睜著，嘴巴也半開半閉，彷彿是在作詩的樣子，敦盛大著膽子輕輕地嘗試把手伸到了人頭上，他不太走運，手指上沾到了血，一股滑膩濕潤的感覺沁入他的皮膚，他又悄悄地把手指靠近自己的鼻子聞了聞，他居然聞到了一種母親頭髮裏特有的氣味。

他又抬起了頭，看見女人把臉露了出來，雖是素面朝天，但依然很美，令平敦盛吃驚的是，這是他母親的臉。年輕的母親跪在地上，一覽無餘地露出飽滿的身體，皮膚在閃爍不定的燭光下發出刺眼的光澤。忽然，他看到母親的脖子上多了一根白色的東西，既柔軟又堅韌，那種白色就和早春的雪一樣，晶瑩剔透，似乎是透明的。那白色的東西漸漸有了些皺紋，現在敦盛看出來這是一匹白綾，是和泉國專門派人進貢的上好的白綾。

纏在母親脖子上的白綾越來越緊了，父親正站在母親的身後用力的拽著白綾的兩端。母親的臉還是那麼美，雖然脖子上致命的白綾正深深地陷入她的喉嚨，而這匹白綾卻是母親最喜歡的。她的眼睛越來越大，大地超乎了常人，終於，她的眼睛看到了黑暗隱藏的兒子。兒子也發現了母親的眼睛正注視自己，但他卻保持了沈默。而母親想要對兒子說什麼，卻被白綾勒住氣管什麼都說不出。忽然母親的眼睛定住了，像是進入了某個美妙幸福的境界，她快樂地笑了起來，嘴角帶著一絲曖昧。當她快樂到了極致時，她的心臟也停止了跳動。那匹美麗的白綾也漸漸地軟了下來，像一條白蛇那樣滑落在母親豐滿的腹部。

敦盛看著母親的身體軟倒在地上，長長的黑髮再次掩蓋了她雪白的軀體，像一塊巨大的黑色絲綢，他覺得母親正在絲綢下熟睡著呢。只有刺眼的白綾從母親的身體下露出來，敦盛突然覺得那白綾會突然飛起來，像白蛇似地纏在自己的脖子上。

父親抱起了母親的身體，他打開了另一扇門，門外是一片幽靜的庭院，月光灑在母親的黑髮上，就像一條黑色的瀑布。在庭院的中央，有一棵古老的櫻花樹，父親在樹下掘了一個大坑，然後把母親扔了進去，再把泥土覆上，就像什麼都沒發生過一樣。

黑暗中隱藏的平敦盛，張大了眼睛，默默地記下了這一切。

五

熊谷直實打量著眼前的平家少年，忽然發現少年的腰間別著一支笛子，在人人腰間佩劍的時代居然有人佩笛，這令直實很困惑。

你會吹笛子？

少年點了點頭。然後少年從腰間拔出了笛子，又細又長的笛子，一端刻著一些漢字，甚至還煞有介事地貼著笛膜。笛子的表面很光滑，在陽光下，那種反光就像一把短劍。

這支笛子叫「小枝」，少年突然主動說話了，只是聲音還帶著女孩般的顫抖。

小枝？直實的心頭忽然被什麼牽動了。

小枝——小枝——小——枝——

六

小枝在黑暗中的臉忽然清晰了起來，她趴在二十歲的熊谷直實的身上，臉向下，明亮的眼睛讓他漸漸清醒了起來。但他還是不能動彈，任由小枝的手在自己的身上摸著，直實能感覺到她的手很小巧細緻，不像通常村婦的手。那雙手像某種有著光滑皮毛的小動物遊走著，直實感到那手似乎能穿過皮膚，摸著自己的五臟六肺，暖暖地，於是，他的身體又從寒冷的地獄回到了人間。他終於伸出了手，緊緊地抓住了小枝的手，並死死地摁在自己的心口。那雙暖暖的手雖然突然像小動物受驚一樣一個勁地顫抖抽動著，但在直實大大的手掌裏卻彷彿是跌進了陷阱。他睜開眼睛，卻什麼都看不清，只有小枝大大的眸子在閃爍，他的力量終於又回來了，直實一個翻身，把小枝完全壓在了身下。

忽然一陣馬蹄聲從戰場上傳來，直實又墜入了黑暗中。

有火，有火在自己的身邊燃起，一團溫暖的爐火，彷彿能使冬眠的蛇從冰雪中醒來。直實覺得這一切都是假的，當他睜開眼，卻真的看見一個年輕的女子躺在了他身邊，他不認識這個女子，他只是在潛意識裏叫著這個女人的名字，這只是他的一種毫無根據的猜測，或者說僅僅是他希望如此而已。於是他在女子的耳邊輕聲地說著，小枝——小——枝——我的小枝。

那個他想像中的小枝終於睜開了眼睛，大大的眸子閃了閃，然後她站起來說，為什麼叫我小枝？

你就是小枝。

忽然她笑了起來，是不是所有的女人在你嘴裏都叫小枝？那我就叫小枝了。

是你救了我？

你說呢？小枝的眼睛裏閃爍著一種難以說清楚的東西。

要我怎麼報答你？

我要你娶我。

直實的身體從寒冷中完全復甦了，此刻他居然感到了渾身發熱，後背心滲出了汗絲，他緊緊地抓住了小枝的雙肩說，有沒有米酒？

茅屋外下起了大雪。

七

你就是平家從五位下的「無官大夫」？

是的，我的首級一定很值錢吧？

你還是個孩子。

我不是孩子了。平敦盛說這話的時候突然變得非常兇猛，大睜著眼睛，蒼白的兩頰突然緋紅了起來，就像是喝醉酒的藝伎。

八

藤原家的高牆邊，開著一個小門，平敦盛坐著檳榔牛車來到了門前，夏日京都的街頭，豔陽高照，沒有一個行人，他看了看四周，然後推開虛掩的門，悄悄地走了進去。

沒有人，只有永不疲倦的蟬鳴在耳畔響起，他在樹蔭下穿過幽深的花園，最後拉開那扇房門，走進了昏暗的走廊，在走廊的盡頭，他停了下來。他先屏息聽聽裏面的聲音，然後整了整衣冠，他的心口在劇烈地跳動著，耳根也紅了。他深呼吸了幾口，剛要說話的時候，門突然被拉開了，一個瘦長的身影出現在他眼前，從房裏透過來的光線從那人身體的四周灑到敦盛的臉上。背著光，看不清那男人的臉，男人看見他，向他微微鞠了個躬就走了出去。

敦盛走進房裏，他看到這房間非常大，有十幾鋪席，被屏風分成了好幾塊。他繞過兩個屏風，見到了一道簾子，隔著珠簾，他依稀看到裏面有個女人的身體。他覺得隔著簾子就像是隔著一層水，於是簾子後面的女人動作就像極了一條魚，扭動著尾巴的錦鯉。

突然那條魚說話了，進來吧，我穿好衣服了。

平敦盛抑制住自己的粗重的呼吸，輕手輕腳地撩起簾子走了進去。藤原家的小姐正跪坐在席子上，她穿了一件粉紅色的和服，領口很低，露出了一截白白的脖子。而她的臉上，看得出本來是化了很濃的妝的，而現在許多脂粉都落掉了，濃重的口紅現在有些模糊，額頭甚至出現了汗漬。

你來啦？過來，靠近一些，讓我看清你。

敦盛卻一步都不敢邁動。他低下了頭，默不作聲。過了一會兒，他忽然覺得有一股氣吹到了臉上，暖暖的，讓他的毛細孔膨脹了開來。接著，他聞到了那股脂粉味，就像母親趁著父親不在家而去接待年輕的客人時候常有的氣味。他還是不敢抬起頭，視線裏只有那粉紅色的和服所反射出的絲綢光澤，光滑而柔軟，像一汪紅色的泉水。你幾歲了？那種氣息繼續灌進了他的衣領裏，溜進他的胸膛，像一雙纖手撫摸著他的皮膚。

十五歲了。他回答。

哦，我比你大一歲。

房間裏的光線忽然明亮了一些，他的視線上移到了她的那截白白的脖子。

說話啊，把頭抬起來。小姐伸出手托起了敦盛的下巴，直盯著他的眼睛，像要把他給吃了似的，他們像是在對峙，過了一會兒她的眼神又柔和了下來，輕輕地說。

我明天就要出嫁了。要嫁給陸奧守的公子，明天一早就動身，去那遙遠的北國。

陸奧很遠嗎？

很遠，也許我永遠都回不了京都了。

她的聲音突然停頓了，平敦盛彷彿看到藤原家的小姐的眼角正湧出了什麼液體。

呵呵。她突然又笑了起來，嘴角上蕩漾著一種讓敦盛害怕的東西。知道嗎？你是個漂亮的少年，只可惜，你的眼睛是灰色的。

敦盛不明白，他眨了眨眼睛。

灰色的眼睛，短促的生命啊。小姐忽然吟起了什麼古代的詩。

我會很長命的，我知道，我會活到九十歲，我會為陸奧守的公子生七個孩子，同時為別的男人生更多的孩子。呵呵，我會長命的，我會留著長長的白髮，在冰天雪地的陸奧北國，回想著京都的夏天，回想今天，回想短命的你。

忽然她的雙手抱住了他的臉，殷紅的嘴唇像吃人的野獸般堵在了他的嘴巴上。敦盛的眼睛裏什麼都看不到了，只有小姐的睫毛。他開始感到了恐懼，渾身發著抖，伸手去推，卻被死死的抱住了，看上去就像是在做一場你死我活的搏鬥。終於，他一把推開了藤原家的小姐，手忙腳亂地跑了出去，身後傳來小姐放浪的笑聲。那笑聲在長長的走廊裏回蕩著，餘音繞樑。

九

熊谷直實把視線從敦盛的臉上挪開，看了看天空，陽光越來越強烈，似乎變成了紅色。忽然他聽到了笛子的聲音，低下頭，原來平敦盛坐在地上吹起了「小枝」。

笛子是一種有魔力的樂器，它所具有的穿透力令人吃驚。直實相信，在遙遠的海上，那些戰船裏的士兵也會聽到這聲音的。

十

今天我看到源家的軍隊了。

你別去。

我已經在你這裏住了整整一年了。

一年太少，我要你在這裏住一百年。

我是源家的武士。忽然直實站了起來，一股風吹進了茅屋，小枝打起了哆嗦。

小枝一把抱住了他的腿。我不讓你走，我不會讓你走的。

放開。

啊。熊谷直實突然感到腿上傳來一股鑽心的疼痛，他忍不住叫了起來。他低下頭，看見小枝正抱著他的腿向他微笑著，只是小枝的嘴裏全是鮮血。他明白了，是小枝用牙齒咬傷了自己。他倒了下來，喘著氣，忍著傷痛。小枝爬到他身上來了，吃吃地笑著，露出了滿是血的牙齒。直實居然也笑了，然後一把將小枝的身體攬入懷中。那個鮮活滾燙的身體在自己懷中顫抖著，他也似乎忘卻了痛苦，只有腿上那牙齒咬的傷口還在不斷地流著血，鋪席被血染紅了一大塊。

爐火熊熊。

又是一個讓小枝沈醉的夜晚。

當爐火熄滅，清晨的陽光透過林間的枝椏抵達小枝的臉龐時，她睜開了眼睛。摸了摸旁邊，什麼都沒有，她坐了起來，赤條條的身體像個古老傳說裏的女妖。茅屋裏只有她自己，小枝叫了起來，直實，直實。

她沒來得及穿衣服，一把推開了門，門外積著厚厚的雪，她雪白的身體和這白雪的世界合而為一，彷彿是隻冬天尋找食物的白兔。她就這麼光著身體在雪地裏奔跑著，尋找著她要尋找的人。

直實，你在哪裡？

十一

熊谷直實靜靜地聽著敦盛吹笛子，手心裏沁出了一些汗珠。

平敦盛盤著腿坐在沙灘上，運足了全身所有的氣息注入笛孔。漸漸地他的臉開始漲紅了，直到一曲終了。

他把笛子從唇邊放下，然後再仔細地看了看，接著一揚手，把笛子向大海拋去。

「小枝」在空中劃出了一個優美的弧線，最後落在了海水的泡沫中，一個浪頭捲來，笛子被緩緩地帶向大海的深處。

十二

櫻花又開了。

就在那個庭院裏，那棵古老的櫻樹，也許已經有幾百歲了。別人都不明白，為什麼這一年的櫻花開得比往年的要漂亮許多，從來沒有如此美麗的櫻花能從這棵樹上開出，美的驚人，簡直無法再用語言來形容了。

有人說這也許這是上天賜給平家轉危為安的吉兆，也有人說這棵櫻花樹本身就是一位神。總之沒人能說得清其中的原因。

但平敦盛知道原因。

月光突然明媚了起來，一個少年悄悄來到了櫻花樹下，帶著一把小小的鐵橇，他在樹下的泥土裏挖了起來。不一會兒，一根白色的東西出現在泥土中，慘白的月光灑在地上，讓他看清這是一塊人的骨頭。白色的骨頭森森地反射著月光，少年居然覺得在盛開的櫻花樹下這一切開始變得絕美無比。接著，越來越多的泥土被清理了出來，一具完整的骷髏展現在他面前。那骷髏躺著的姿勢相當幽雅，雙手放在胸前，仰看著櫻花和星空。

這具骷髏是少年的母親。

母親滋潤了櫻花，母親的生命全都注入櫻花中了，於是，母親變成了骷髏，櫻花變成了母親。少年輕輕地抱起了母親，現在母親的身體輕了許多了。這些骨頭在月光下奇美無比，就像一群跳舞的美人。

少年抱著母親的遺骸，走出了庭院，走進了長廊，來到自己的房間裏。他打開了一個大箱子，把母親放了進去。然後把箱子鎖了起來，他把臉貼在箱子上，輕輕地說，媽媽，我們永遠在一起了。

十三

直實看著平敦盛把笛子扔進了大海裏，他有些吃驚，輕輕地歎了一聲，何必呢。

別說廢話了，你動手吧。敦盛挑釁似地說。

熊谷直實看了看他，很久才開口說話——

你走吧。

十四

亂箭遮天蔽日，無數的人中箭倒下，無主的戰馬嘶鳴著，無馬的武士咒罵著。幾面靠旗被箭洞穿，留著數不清的洞眼繼續飄揚。

武士熊谷直實騎著大黑馬向前猛衝，眼前就是宇治川了，大黑馬的前蹄高高地抬起，然後重重地落下，連人帶馬躍進了河水中。冬天的宇治川水冰涼冰涼的，河水立即漫過了馬的胸膛，大黑馬似乎也在抽搐著，河水四濺，打濕了他的臉。他憤怒地緊著馬刺，繼續向前涉去，到了河床的中心，水已經淹到馬脖子了，也漫過了直實的腰，一股刺骨的寒冷滲入了他的內臟，彷彿能讓他的血液結冰。身後的源家武士們都騎著馬跳進了宇治川，而且不斷地有人在水裏中箭倒下，頓時，河水彷彿被人和馬的血液溫熱了，直實重新又恢復了力量，他的大黑馬帶著他渡過了宇治川，第一個上了對岸。他揮動著長劍，大聲地叫喊著，在刀與矛的叢林裏劈殺著，一個頭顱被他的劍砍下，一片血肉裏，他什麼也看不見，只看到回憶中父親的人頭。

源家的武士們源源不斷地衝上了岸，近畿就在眼前了，敵人徹底喪失了抵抗，戰鬥變成了一場屠殺。

直實繼續向前衝著，他見到了一個全身黑甲的敵人，也許是個將軍。他追了上去，最後把黑甲人逼到了河邊。直實看著那人的臉，突然想起了那一天，十年前信濃的群山中，也是這張臉和這身黑甲。

十年前這個人放過了直實。現在又落到了直實的手裏。但他是殺父仇人。

直實在選擇。

他有些痛苦。

那人平靜地看著直實，不明白直實為什麼那麼婆婆媽媽。他對直實輕蔑地笑了笑，然後脫下了甲冑，抽出了一把短劍，深深地刺進自己的小腹。

血如泉湧。

他在地上掙扎了好一會兒，但始終沒有斷氣，不停地顫抖著，從吼嚨裏發出奇怪的呼嘯，兩隻眼睛直勾勾地看著直實，似乎在渴望著什麼。

直實明白他痛苦到了極點。

直實也懂得此刻對黑甲人來說最人道的方式是什麼。

他揮起劍，熟練地砍下了黑甲人的人頭。

乾脆俐落，一瞬間，黑甲人擺脫了所有的痛苦。

只剩下熊谷直實呆呆地楞在那兒，看著宇治川的河水被寒風吹起了漣漪。

忽然，他聽到所有的源家武士歡呼了起來，驚天動地，源家的旗幟高高地飄揚起來，連同著無數敵人的頭顱。

直實默不作聲地把黑甲人埋了。

十五

你說什麼？平敦盛不太相信。

我讓你走。我不想殺你了，你快走吧，快走！

為什麼？

你還是個孩子。

十六

祖先的靈位在昏暗的燭光下閃著異樣的光，彷彿一個個都睜大了眼睛在看著。

父親站在敦盛的面前，毫無表情，不怒自威，他穿著一件寬大的黑色的和服，長長的袖子和下擺，使得燭光下他的影子特別地大。

櫻花樹下的土好像被翻動過。父親以低沈的鼻音問著敦盛。

櫻花樹?不是開得很美嗎?敦盛的聲音顫抖了。

是啊，櫻花開得很美，這是有原因的，兒子。

父親伸出手，輕輕地撫摸著敦盛的臉。兒子，櫻花多麼美啊，就像你母親一樣美，美的驚人，因為美，所以，每個人都喜歡櫻花，誰都想摘下她的花瓣，就像你母親。可是，這顆櫻花樹只屬於我們家族，是我們的，你母親只屬於我，你懂嗎?等你成為一個丈夫的時候，你就會明白了。

敦盛睜大了眼睛，額頭沁出了汗。

兒子，不要想你的母親了，你的母親已經變成了櫻花，這是她最好的歸宿，她多幸福啊，這個世界上最美麗的櫻花，只要看到櫻花，就等於看到你母親了。

我永遠愛你的母親，深深地愛著，直到我死。

父親似乎在自言自語，他把敦盛攬在了懷中，緊緊地抱著。

你快和我一樣高了。父親看著兒子，驕傲的說著。

兒子，你知道我有多麼愛你嗎？

敦盛渾身乏力地蜷縮在父親寬闊的懷抱裏，一團溫熱的淚水從眼眶悄悄地滑落出來，打濕了父親的衣襟。

父親，我永遠愛你。

聽到這句話，父親幸福地閉上了眼睛，但永遠都沒有再睜開來。因為他的心口，突然多出了一把匕首。

匕首的柄正握在敦盛的手裏。

對不起，父親，我永遠都愛你，永遠。

然後敦盛從父親的心口抽出了匕首，扔在了地上，發出了清脆的金屬聲。

父親寬闊的身體倒下了，從父親心口流出的血蔓延著，很快就鋪滿了整個空曠的房間，滲入了光滑的地板縫隙。敦盛低下了頭，嗅了嗅那血的氣味，於是他有一些頭暈。

他推開了門，對著走廊裏的武士叫喊起來——父親遇刺了，快，抓刺客！

一大群人手忙腳亂地衝了進來，又手忙腳亂地衝了出去追捕那個虛幻如空氣的刺客。那些沈重的腳步踩在地板上的聲音咚咚咚地敲打著敦盛的心臟。

祖先的靈位們以嘲諷地目光靜靜看著這一切，他們保持沈默。

淚水繼續在他的臉上奔流。

十七

我不走。

讓你走你就走。

你現在就殺了我吧。求你了。

平敦盛突然給熊谷直實跪了下來，伸長了白淨的脖子。

十八

荒涼的戰場上，宇治川靜靜地流淌著，全身披掛的熊谷直實像一尊移動的雕像一樣巡邏著，他還是騎著他的大黑馬，天上新月如鉤，寒夜裏許多死人的臉上都結了一層薄霜。

第二天一早，這裏成千上萬的戰死者都將被埋葬。在源家的大營裏，幾個和尚正在做著法事，木魚聲在寂靜的夜裏傳得很遠，散佈在所有死者的臉上。

在月色裏，這景像突然變得很美，直實驚奇於每個死者的表情竟都是那麼安詳。

淡淡的月光照亮了這些慘白的臉，在他眼裏逐漸地生動了起來，有的人嘴角還帶著微笑，難道是在快樂中得到死亡的？在這些死人堆裏，他是唯一的生者，卻只有他是痛苦的。

在呼嘯的西風裏，他看到遠處有個人影在緩緩地移動著，時而小心翼翼地走動，時而又伏下身體。難道是有人沒死？或者是鬼魂？那些有關戰場上無頭鬼的傳說在他的腦海裏浮現了出來。直實跳下了馬，輕輕地靠近了些，明亮的月光裏，他看清了那個人，穿著一件破破爛爛的衣服，披散著頭髮，身材比較小，應該不會是士兵。那人繼續小心地在地上摸著什麼，原來是在摸死人的衣服，掏那些戰死者的口袋，搜尋著什麼值錢的東西。

直實明白了，這是個發死人財的傢伙。在歷代的戰場上都有一個不成文的規定，一旦發現這種人，立即就地正法，因為這種事情太喪盡天良了。他悄悄地抽出了劍，無聲無息地走到那人的背後，那人的背脊在微微顫抖著，好像很冷的樣子。直實猶豫了片刻，然後大喊了一聲。

那人立刻像受到什麼刺激一般從死人堆裏跳了起來，立即轉過身體來。

直實的劍已向前刺出了。

那張臉被月光照得慘白，就像是地上的死人，在披散的髮絲間，可以見到那雙明亮的眼睛。那雙眼睛是那樣的熟悉，熟悉地讓直實能感到自己腿上那塊被人咬過的傷疤。

但是，劍已經刺出了。

光。

血，飛濺起來。灑了他一臉。

那雙明亮的眼睛繼續瞪著他，他能感到那雙眼睛此時放射出了多麼幸福的目光。

多美啊，那張臉微笑著，雖然慘白如屍，就像這天上的月亮。

她倒下了，胸口插著直實的劍，臉上帶著幸福的目光和微笑。

她終於找到她的直實了。

小枝——小枝——小——枝——

直實呼喚著她的名字，這個名字是他為她取的。

他跪在她的身邊，看著她明亮的眼睛，似乎看著天上的月亮。他終於明白了，小枝的確是個發死人財的賊，小枝就是因為在幹這行當的時候才救了戰場上奄奄一息的直實。

他抱起了小枝，走向寂靜的宇治川。

明亮的月光照著他，就像照著一個鬼魅。

十九

為什麼要求死，你還是個孩子，活著有多好啊。

活著好嗎？

平敦盛的反問讓熊谷直實無言以答。他又這樣問了自己一遍，卻得不到答案。

殺了我，我會永遠地感謝你。

少年微笑著，像個漂亮的女孩。

直實看著他，心中突然有什麼東西沈了下去。

二十

京都下起了雨，朦朦朧朧的，一切都沈浸在煙雨中，皇宮的亭臺樓閣都漸漸地模糊了，還有平家的那些深宅大院也像一片紙被風吹走了。

一切都消失了。

平敦盛坐在檳榔牛車裏，看著簾外雨中的京都。父親死了，他已經是平家這一系僅存的幾個繼承人之一了。家族的興盛就像這雨中的樓閣，轉眼就要煙消雲散於雨霧中了。

源家的軍隊要進城了。

平家要去西國的一之谷，那裏也許是最後的一線光明。駕車的車夫匆忙地揮舞著鞭子，四周是人和馬的腳步聲，一切都是那麼匆忙雜亂，就像是一場匆匆落幕的戲。

敦盛又放下了車簾，他從容地揭開了上衣，露出了白白的腹部。他的手裏握著一把短劍，對著自己的肚子。他舉起短劍，劍以一種奇特的姿勢停留在半空，如同一隻被定格了的飛翔的鳥。他以這樣的姿勢持續了很久，很久。車輪繼續輾過京都的大道，走出了京都的城門，繁花似錦的城市被他們拋在了身後。

牛車突然顛簸了一下，短劍從他的手裏掉了下來，扎在了車板上。

敦盛輕輕地歎了一口氣，然後用手撫摸著自己的皮膚，最後用食指在肚子上劃出了一道剖腹的動作。

食指的指甲又長又冷，劃過皮膚，留下了一道淡淡的粉紅色痕跡。

隨著指甲的劃動，腹部突然產生了一種快感，剖腹的快感，這種奇異的感覺越來越強烈，像一縷輕煙從下往上升起，直升到他的心中。

永別了，京都。

二十一

熊谷直實看著平敦盛雪白的脖子，彷彿看到了一片片雪白的櫻花，從櫻樹上凋落，又被風捲起，漫天飛舞。

孩子，你走吧。

一道白光掠過。

一顆少年的人頭滾到了沙灘上。

尾聲

據說在平敦盛被殺以後，沙灘那響起了笛聲，並悠悠揚揚地傳到了源義經的耳朵裏。但從此以後，熊谷直實就失蹤了。

二十年以後，在高野山上，一個身材魁梧的僧人赤著身體在山間的泉水中洗浴，

他的背上全是傷疤，神情泰然，如同一尊赤身的佛像。

一個進香的女子來到了山泉邊，她有著一雙明亮的眼睛，她看見那僧人，一點都沒有害羞，反而向他問路。

僧人以奇怪的目光盯著她看了許久，然後問道——你叫什麼名字？

小枝。

那女孩回答。

僧人猛地倒退了一步，然後向山泉的下游狂奔而去，最後從懸崖瀑布上一躍而下。

肉香

我從一位鄉下的遠房親戚那兒弄來了一疊厚厚的資料，據說是我們家族一位唐朝的祖先留下來的遺物。親戚千叮嚀萬囑咐一定不能弄壞，更也不能弄丟，否則祖宗的在天之靈饒不了他。

我小心地打開了一這堆紙，一陣陳年累月的霉味便直串我的鼻孔，令人作嘔。從紙質來看似乎已有千百年的歷史了，黃色的宣紙，如同那種祭祀死人的放在火裏燒化的紙張。這紙張很脆，有種一碰就要碎成粉末的感覺，我極其小心地掀動著，於是我的整個房間都被這種古老的氛圍纏繞著了。

全是書信，一封又一封，那種直版的從上到下，從右到左的楷書。非常美的毛筆字，既不像顏體，更不是柳體，而是一種我從未見過的風格，也許這種風格早已失傳了吧。但這美麗的楷書像是一個女孩子寫的，不會是我的那位祖先吧，或許是他的夫人，甚至是情人？不，我細細地看才發現不是，這是一個男人寫的，三十多歲的男人。他的字跡既綿軟又不失瀟灑，但我能隱隱約約地看出一種奇怪的氣氛，從他的字裏行間，從他的每一撇，每一捺，都深深地潛藏著一種——恐懼。

是的，我是經過了整整一天才看出來的，這種恐懼隱藏地很深，我當時沒有看信的具體內容，我只是從他的筆跡中才悟出了什麼。我彷彿可以感覺到，他在寫信的時候，渾身都充滿了一種驚恐，從他的周圍，也從他的內心深處。但他的手並沒有像普通人那樣發抖，他的筆觸依然有力，只是在毛筆尖上蘊藏了些許的寒意，冰冷的寒意，也許他自己都沒有發覺。

這不是我的那位先祖寫的，是另一個人寫給我的先祖的信。全都是文言文，我嘗試著把第一封信翻譯成了現代白話文。

進德吾兄：

從長安一別已經十年了吧。我現在才突然給你來信，請不要見怪。你知道，朝廷賞賜給我一棟豪華的宅邸在長安，以及關中的千頃良田，和江淮節度使的官職。可我從第一天起就辭官不做了，我離開了豪宅與良田，獨自一人回到了坤州，住在當年我的刺史宅邸裡。一晃十年就過去了，我獨自一人，孤獨地虛度年華。我時常回想起當年安史賊黨作亂之際，我是坤州的刺史，你在我麾下為將，你我死守坤州三年，使史思明的數萬大軍始終無法陷坤州而下江淮。最終我們等來了援兵，立下了大功一件。進德兄，我越來越想念你們，和當年與我一同出生入死的官兵們。這次給你寫信，就是想告訴你一件事——我家正在鬧鬼。

段路

我沒有想到，我的這位叫進德的祖先原來還是安史之亂中唐朝的一員大將，與這位叫段路的刺史一同死守坤州。但問題是，我的歷史知識告訴我，根本就沒有坤州這座城池，在安史之亂中，也從沒有過段路死守坤州這麼一檔子事。我有些疑惑，於是打電話給我的另一位遠房堂兄，他是我們家族中最有學問的人，目前在攻讀歷史研究生。

他在電話裏聽到了我的提問，然後他沈默了半晌，才慢慢地說：「是的，你現在看的這疊信我在一年前也看過，我立刻就陷了進去，我查找了各種資料，甚至到安徽與江蘇的北部做過實地考察，但令我失望的是，沒有，什麼都沒有，也許歷史遺忘了我們的這位祖先還有段路。但我請專家鑑定過，這些信的確是唐朝人的真跡，絕不是後人的偽造。聽我說，你不要再看了，你也會陷進去的，這些信很可怕，蘊藏著鮮血，歷史的鮮血，你好自為之吧，再見。」

我長久地呆坐著，仔細回味著這位歷史研究生的話，他從小就有些神秘，喜歡說一些別人聽不懂的話。什麼歷史的鮮血，我看他是在故弄玄虛，這只是一疊古人的通信罷了，難道那些早已成為枯骨的人會傷害我嗎？但我仍不得不提高了警惕，我開始打算把這些信還掉。但我已欲罷不能了，也許是因為段路最後的那一句「我家正在鬧鬼」。

我繼續打開了第二封信，把它譯成了白話文。

進德吾兄：

見到你的信，我萬分高興，原來你也早已解甲歸田了，這是好事。上次我說，我家正在鬧鬼，是的，這鬼一直糾纏著我。我隱隱約約覺得從我十年前從長安搬回坤州的那天起，這鬼就在這間古宅裡出沒了，只是我當時沒有意識到，這就是鬼。但是今年，它越來越頻繁地活動著，其實我向來都不害怕鬼，但是這回我真的有些恐懼了。你也知道，當年坤州的刺史府是一間很破舊的古宅，戰爭結束後，新來的刺史新建了一個刺史府，而我則獨自居住在這棟舊宅裡。這間宅子很大，也很破，你不知道，我沒有僱用僕人，諾大的宅子裡，只有我一個人，我靠著我在關中擁有的那千頃良田度日，每個月，我在那兒的代理人都會給我帶來糧食和錢。我一個人過慣了，朋友們勸我續弦，我也拒絕了。你續弦了嗎？天哪，現在鬼又來了，它折磨著我，我不能再寫了，就到這吧。

段路

這封信沒有什麼新的東西，但至少可以告訴我，我的祖先是個鰥夫。窗外的陽光異常的強烈，我在家裏胡思亂想著，我想到了坤州。

坤州，這個我從來沒有聽說過的城池，但我寧可相信它存在過，因為在歷史上，像這樣因為種種原因被遺忘的例子實在太多了。可我難以理解的是段路和我的這位叫蔡進德的祖先是如何在坤州死守三年，抵擋住史思明的數萬大軍的。在安史之亂中，張巡和許遠死守睢陽，最終還是城破身亡，段路難道比張巡的本事還要大？這種疑問困擾著我，促使我打開了第三封信。

進德吾兄：

你在信中說你早已續弦，並已有三個兒子，實在可賀，想想我，可能真的要孑然一身一輩子了。是的，你信中的猜測沒錯，我永遠都忘不了月香，她的眼睛，她的笑，她的身體，十年前她死在坤州，就在這間房間裡，我永遠都無法擺脫她，永遠。這十年來，雖然我一個人過，但是我養了許多貓，二十多隻，其中還有波斯商人高價賣給我的那種兩隻眼球不同顏色的貓。這些貓陪伴了我十年，就好像是我的愛人，和這二十多隻貓在一起，我有一種妻妾成群的感覺。是的，我愛她們，我把她們當作了一群美麗的女人。但自從我家裡鬧了鬼，奇怪的事情就不斷發生了。昨天我的一隻白貓失蹤了，無論如何也找不到，後來我發現我的廚房裡傳出了一陣肉香，我已經十年沒吃肉了，自從戰爭結束以來，我就成了一個素食者，過著和尚般的生活。我非常驚訝，我從沒煮過肉，我揭開了鍋，天哪，裡面是我的那隻失蹤的貓。這隻貓被大卸八塊，毛全拔光了，內臟也清理了出來，肉都被煮熟了，我當即暈了過去。

雖然我當年也在坤州血戰三年，見到無數血腥的場面，但這十年來，我幾乎從未見過血，而且我與貓的感情也越來越深，見到如此慘狀，我像死了妻子一樣嚎啕大哭。我明白，這一定是那鬼所為，因為，我的宅邸過去是刺史府，有非常高的圍牆，並且由於我家鬧鬼的傳聞全城皆知，沒人敢闖進來的。我痛苦萬分。進德，這是報應，十年前的報應，你應該明白這句話的意思。

段路

「報應」是什麼意思，我無法理解，而且他說我的先祖也是明白的，究竟有什麼事？我從來不相信世界上有什麼鬼魂，至於鬼魂殺貓並把貓給煮了則更是天方夜譚了，也許段路得了精神分裂症，產生了幻覺，沒錯，一個人在這樣一棟陰森恐怖的古宅中獨自生活十年，精神肯定會崩潰的。他還提到了「月香」，明顯是個女人，也許是他過去的妻子，可以肯定的是，他深愛著月香，但他後來又失去了月香，於是他為了追悼亡妻，一直住在了妻子死去的那間房間裏，並且以素食吃齋度日，放棄了榮華富貴，真是個難得的有情郎啊。

已經是夕陽西下了，黃昏的陽光灑滿了我的房間，也灑到了這些古老的信紙上，塗上了一層鮮血般的顏色。我知道陽光對文物有破壞作用，急忙把信都移到了陰暗處，在陰暗的光線中，我打開了第四封信。

進德吾兄：

在短短的十天之內，我有六隻貓被殺並給煮熟了，儘管我把廚房的柴火連同灶上的鍋全搬走了，天天到城裡的寺廟吃素齋，但那個無孔不入的鬼仍然不知從哪兒弄來了柴和鍋。我恐懼極了，每天晚上，我都把所有的貓都聚集到我的床上，與我睡在一起。這張床在十年前是我和月香睡的，非常寬大，睡在這張床上，我幾乎每晚都能夢見她，她還和十年前一樣年輕美麗，永遠是二十歲。你一定不會忘記吧，當年我和月香是多麼恩愛，讓你們這些將領和軍官們羡慕非常。是的，月香是個才女，她作詩的才華不在我之下，每天晚上，她為我掌燭，我作一首詩，然後我再為她掌燭，她再作一首詩，每次她的詩都比我好。只可惜她生來就是個女人啊，如果月香是個男子，做官肯定能做到宰相，做文人也一定會流芳百世。可她又具有女人的一切優點，美麗賢淑，對我體貼入微，在當年坤州所有的官員家眷中，她的女紅也是最好的，我清楚地記得，進德兄，你的妻子還曾特地向月香請教繡錦屏的技巧。如今，一切都過去了，她們都已經不在人世了，你我也都不問政事了。當年她睡的位置上正睡著一群貓，儘管牠們在夜裡是極不安分的，真是世事難料啊。我真怕牠們都被那鬼擄去做成了貓肉湯，牠們是我生命裡最後的希望了，進德兄，你看我該怎麼辦呢？請給我指點迷津。

段路

我忘了吃晚飯，儘管我肚子的確餓了，可我不得不承認，我被這些信深深地吸引住了。

段路的這些文字有一股不可抗拒的魔力，就像加了某種咒語，你一旦打開它就再也關不上了。

從段路的文字裏，我似乎看見了那個叫月香的女人，如果段路的描述屬實，那麼我真的感到很後悔，後悔自己為什麼會生在二十世紀，而不是西元八世紀，我非常想見一見月香。我明白我走火入魔了，我這才相信了我的那位歷史研究生堂兄的話。天色漸暗，在我打開了燈的同時，我也打開了第五封信。

進德吾兄：

看了你的信，非常感謝你給我出的這些主意，但恐怕我都辦不到。首先，我不會離開坤州的，因為月香和我在坤州度過了一生中最美好的時光，當然也包括一生中最悲慘的時光。

我想如果離開了坤州和這座宅邸，我立刻就會死的。第二，我也不會去請驅鬼的和尚道士來的，如果把他們請來的話，一定會打擾月香在天之靈。所以，我只能繼續留下來，與鬼周旋到底，告訴你，現在我的貓只剩下最後五隻了，其餘的都被鬼害死了。進德兄，你不會明白的，這座古宅中，到處都殘留著月香的氣味，十年了，這種氣味不但沒有消散，反而更加濃烈。我時時刻刻地感到月香還沒有死，她就在我的身邊，她陪伴著，一同度過了十年的光陰。我現在每天晚上仍在作詩，作懷念她的詩，有時第二天早上，我居然會發現在我作的詩下面還多了一首詩，那是月香的筆跡，還是寫得那樣好，與我寫的那首是對應的。月香就在我身邊，不管你相信不相信，她就在我身邊看著我，是的，現在，我在給你寫信，她在我旁邊，她正告訴我該怎麼寫，確切的說現在是她口述，我執筆。十年前，她的確死了，但十年後，她又的確活著，天哪，讓我怎麼才能說清楚，總之你是不會相信的。此外，還告訴你一件事，現在的坤州城，幾乎每一戶人家都在鬧鬼，每個人都惶惶不可終日。坤州城像大海裡漂泊的一葉扁舟，甚至比安史之亂被圍困了三年那會兒還要恐慌，當年的敵人畢竟還是人，而現在坤州的敵人則是鬼。

段路

我感到了一種恐懼，從這些古老的紙張裏洶湧而出，緊緊地抱著我。我似乎看見在我讀信的同時，月香就在我旁邊和我一起讀著信，我抬起頭來，看到了她的臉，很美。從她的身上，散出一股肉香，我這才明白為什麼段路說十年來月香的氣味一直揮之不去。因為這股肉香，從她的肉體深處發出的香味，對，月香就是肉香，在古漢語中，月與肉的意思相同，肺、肝、膽、腸、脾、腦、腿等等都是月字旁。

我不知道自己還有沒有勇氣看下去。電話鈴突然響了，是我的那位歷史研究生的堂兄：

「看到第幾封信了？我知道你現在很猶豫，一年前我也和你一樣，我現在能從電話聽筒裏嗅到你那裏的血腥味，真的，既然你看了那麼多，那就繼續把它給看完吧，明天早上到我的研究所裏來一趟吧。再見。」

我握著電話，一句話也沒說，聽他說了那麼多話。掛了電話，我感到這間屋子的氣氛有些不對，我突然覺得我現在就是段路了，我和段路一樣獨自生活在一個大房間裏，真的，我就是段路，段路就是我，這些信全是我寫的。是嗎？我問著自己，然後我發瘋似地搖著頭。

我打開了第六封信。

進德吾兄：

剛看完你來的信，你說當年隨我死守坤州並一同受到朝廷賞賜的十二位將領和軍官，已在今年全部意外地死亡了，這真的很讓我心痛。你說劉將軍是在成都喝醉了酒掉進河裡淹死了，真不可思議，我清楚地記得劉將軍的水性非常好，是長江裡的浪裡白條。在他兒子的婚禮中無緣無故地上吊自殺，這也是不可能的，他那種開朗樂觀的性格，怎會自殺？而且是在那種大好的日子裡。更有甚者是張將軍被他的家人砍死做成了人肉饅頭給煮了吃了。

其他人的死狀也是非常奇怪，他們當年在坤州的屍山血海中打仗都沒有死，怎麼現在卻接二連三地出事，而且幾乎是在同一個月裡。進德，我非常擔心你，你不會有事吧。現在我也要告訴你一個壞消息，我的貓只剩下最後一隻了，但牠活得很好，是一隻美麗的波斯貓。

我要用我的生命來保護牠，我發誓。

段路

夜很深了，我睏了，於是我捧著這些信慢慢地在沙發上睡著了。睡了一會兒，我突然聞到了一種奇怪的氣味，這氣味帶著濃烈的馨香，瘋狂地直往我鼻孔裏鑽。我受不了了，我循著香味，到了我的廚房，不知是誰在煤氣灶上點著大火燒著一個不銹鋼鍋子。我揭開了鍋蓋，裏面是一鍋肉，確切的說是肉湯。湯麵上漂浮著一層厚厚的油，我用調羹喝了一口，這是一種我從未喝過的湯，味道非常鮮美，這湯從我的舌頭滑到咽喉，再進入食道，最後流進了我的胃，我的胃很貪婪，把這些美味的湯都搜刮殆盡了。我還沒吃晚飯，也就顧不得許多了，我又用筷子夾了一塊肉放進嘴裏咀嚼起來，肉絲被我的牙齒嚼碎，然後我舌尖上的味覺器官又得到了一次刺激，是的，從小到大，我從沒吃過那麼好吃的肉，是誰煮的呢？

很快，我就帶著疑問，把一鍋肉差不多全掃進肚子了。最後，我在鍋裏發現了一樣東西——手指頭，人的手指頭。

我哇地一口吐了出來，然後我驚醒了，原來這是一個夢。

我剛才睡著了，竟做了這樣一個奇怪的夢。我心驚肉跳著，渾身冒著虛汗，一時間睡意全消了，現在已是半夜兩點，我強打著精神打開了第七封信。

進德吾兄：

坤州城已經陷於一種巨大的恐怖中了，不斷有人奇怪地死去，城外到處都是新墳，而且死的都是男人。全城充滿了死人的臭味，和尚與道士都忙著做法事。但沒有任何證據表明坤州流行了瘟疫，唯一的解釋就是鬼魂作祟。但我還活著，還有我的最後一隻貓，牠活得很好，每晚都睡在我懷中，就像月香。經過這些天來，我漸漸地覺得月香的確還活著，就活在這隻美麗的波斯貓身上，是的，所以現在我可以說，我又重新得到月香了，她永遠都不會和我分離的，我們永遠在一起。起風了，帶著坤州城裡死亡的氣息的風貫穿了我的房間，席捲過我們的身體，雖是盛夏季節，我卻感到了一種冰涼徹骨的感覺。報應，這是因果報應，誰都逃不了。

段路

看到這兒，一陣風穿過了我窗戶打在我的額頭，我望望窗外，下半夜的月亮卻特別圓。

我開始明白段路所說的報應的意思了，我能想像坤州城一定是遭到了某種災難，這種災難是人類自身造成的，我一向不相信有鬼魂存在，但災難肯定有，只是通過了某種特殊的方式。

這使我增加了讀下去的勇氣。我打開了第八封信。

進德吾兄：

今天是七月十日，你還記得十年前的七月十日嗎？相信這一天你我都永生難忘的。七月十日，每年這個日子，我們的心中都隱隱作痛。我說過報應，今天就是報應的日子。當年我們死守坤州，全城只有五千士兵和兩萬百姓。我們的糧食準備很充分，但沒想到安史叛軍的準備更充分，終於兩年過去了，重圍中的我們吃光了全部糧食，包括所有的老鼠、貓、狗、甚至戰馬，所有能吃的東西都吃光了，全城人都在挨餓，這樣用不了十天，坤州城就會不攻自破，睢陽也已經失守了，我們如果完了，叛軍就會長驅直入地攻入江淮地區，大唐也就完了。我們永遠都不會忘記，那天我給你們煮了一鍋肉，你們都很驚訝哪來的肉，我沒有說，只是讓你們先嘗嘗。你們吃了，你們吃得很香，你們說這是你們一生中最好吃的肉。最後我告訴你們，這是月香的肉。你們都吐了，然後，你們都哭了，你們這群大男人像女人一樣流下了眼淚。是的，是我親手殺了月香，那天月光皎潔，月香依然美麗動人，儘管她已經有三天粒米未進了。我的手裡拿了一把刀，我站在她面前，看著她，許久，但是我終究沒有勇氣，我的刀掉在了地上，我放棄了，我決心和她一起死。但是絕頂聰明的月香看出了我拿刀的意圖，她輕輕地對我說，殺了我吧，女人對戰爭沒有用，殺了我吧，把我的肉吃了，我總之是要給餓死的，不如死在我愛人的手裡，讓我的肉體進入你的肉體之內，讓我成為你的一部分，從此，我們就永遠都不會分開了。來，動手吧，像個男子漢那樣，如果你還是我丈夫，動手吧。不，我下不了手，但月香奪過了刀子，她把刀子刺入了她自己的心口。她微笑著，對我微笑著死去，胸口還插著那把刀。那時我痛苦萬分，真想自己也一死了之，但最後我還是無法控制住自己，我瘋了，那夜我真的瘋了。我想到了段家的榮譽，我想到了死守坤州的誓言，我把月香肢解了。我說過，那夜我瘋了，我愛她，所以肢解她，這就是理由，這理由你們永遠都不會理解的，因為你們沒有那種刻骨銘心的愛。是的，我把她肢解了，完成了她死前交代我的事，我把她的肉剁下來，她的肉充滿了香味，天生的香味，她是個絕代佳人，就算變成了一堆鍋裡的肉。當時我幹這事的時候，一點都沒有罪惡感和恐懼感，那夜我真的瘋了，我只想永遠地和她在一起。我把她的肉給煮了，煮了幾大鍋，我自己先吃了一鍋，那味道美極了，其實我內心也痛苦極了。然後，我把其他的幾鍋分給了你們。愛一個人有許多方式，在那種特殊的情況下，我想這是最合理的方式了。進德兄，接下來就是你，你哭完了之後，立刻回到了家裡，把你的妻子和小妾也給殺了，煮成了一鍋肉。於是，所有的將領和軍官都開始吃自己家眷的肉。後來我們乾脆把全城的女人都關了起來，總共一萬人左右，我們每天吃三十個女人，全城的男人居然沒有一個反對。有的人眼睜睜看著自己的妻子被人吃了都無動於衷，自己還吃得最多。為了養活這些女人，我們還安排了女人吃女人，當然她們不知道自己吃的是人肉，還以為是豬肉。於是，我們就靠著吃人肉熬過了將近一年，這一年的坤州是恐怖的世界。終於我們等來了救兵，坤州守住了。十年了，我終於把這些話說出口了，七月十日，今天是七月十日，我想這該是我生命中的最後一天。我們的罪過是無法饒恕的，天哪，我看見月香了，真的是她，她微笑著來了，她是來帶我離開這個世界的。進德兄，如果你能收到這封信，那一定是月香帶給你的，請千萬不要害怕，珍重啊，進德，你要當心——幽靈的報復。

段路

這是最後一封信，我顫抖著看完了它，我不相信這是真的，即便是唐朝想必也不會發生這種事的。段路一定有精神分裂症，一切都是他臆想出來的，就像唐人的傳奇，總有些不可思議的事。可我不能自拔，儘管我不相信，但從這古老的紙張和字跡中傳出的氣息卻又強迫著我相信。我又隱隱約約地發現這最後一封信上有許多淺紅色的斑點，很淡，但卻很密集，這是什麼？是血跡？難道是段路的血，經過了一千多年，永不磨滅地保留在這紙上。也許這就是堂兄所說的歷史的鮮血？

天色漸漸地亮了，我茫然地坐了很久，直到陽光灑滿了我的房間，驅除了那股唐朝的氣味。我把信全都放好，帶著信趕往我堂兄所在的研究所。

堂兄早已等著我了，他以一種奇怪的眼神看著我：「你的臉色真難看，一夜沒睡是不是？你一定把信全看完了，你相信嗎？」

「我不知道。」

「可我知道，昨天晚上我對你說什麼都沒有，是我騙了你，我不願你看下去，但是現在我必須告訴你真相。這是真的，坤州的確存在過，乾為男，坤為女，顧名思義，坤州是一座以女人為主的城市。在安史之亂後的第十年，突然全城發生了巨大的災難，男人幾乎全死光了，於是這座城市成了死城，被放棄，如今只剩下一堆田野中的廢墟，在史書上也沒有留下任何記載，我花了整整一年才研究出成果的。事實上，被圍困的城市中發生吃人肉的事情，在中國歷史上絕不止一次。」

「那麼我們的那位祖先呢？」

「這位名諱蔡進德的先人在收到段路給他的最後一封信的當天晚上，舉火自焚，沒人知道原因，而這些信卻都奇跡般地保存了下來。」

「那麼說真的是有鬼？」

「不，根本就不存在什麼世俗認為的鬼魂，那的確是段路的臆想，是他長期自我封閉的結果，他一直有一種強烈的罪惡感，他獨自懺悔了十年，內心充滿了痛苦和對愛人的思念。於是在精神上他產生了幻覺，這是一個人心靈深處不斷鬥爭的結果，他失敗了，他敗給了他自己的靈魂，於是他的靈魂就不屬於他自己了，所謂的鬼魂，其實就是他自己，他的另一個自我，另一個代表愛人的自我。由於深深的愛，他已與月香無論在肉體上，還是精神上都合二為一。所以，他說月香還活在他身邊，其實就是他自己——他的另一半，他的精神已經一分為二，也就是所謂的雙重人格，一切都源自他內心，一切都源自對月香的愛。他在寫完最後一封信以後，就死了，死因不明。但對他來說，這卻是最好的解脫。」

「那麼他養的那麼多貓是怎麼死的，也是幻覺嗎？還有他的那些戰友，包括我們的那位祖先，還有坤州全城的男子，他們為什麼會死？」

「冥冥之中，自有一股神秘的力量在操縱，但不是我們所一般理解的復仇的鬼魂。也許那些貓根本就是段路自己親手殺的，通過潛意識驅使他重覆了當年的那種恐怖行為，這是雙重人格的典型病例，他寫信時的正常人格卻對自己的行為渾然不知。我說過一切罪惡都源自內心，我們的那位祖先其實想必也有過與段路一樣的心理過程。你是否注意到了信中反覆提到的報應二字，這不是簡單的佛教意義上的因果報應，而是他們的內心對自我的報復，從這個意義來說，他們在劫難逃。」

「謝謝你，堂兄。」

「你認為我剛才說的是標準答案嗎？不，每個人心中都會有自己的答案，我真不該說這麼多，也許你自己的理解比我的更好呢？」

我離開了堂兄的研究所，回到了家裏，並歸還了那些信，像是扔掉了一個沈重的負擔。

一封家書

天終於黑下來了，營房門口掛起了燈籠，巡邏隊出動了。士兵小乙在地上匍匐前進，避開所有的人和燈火，他小心地越過了高高的柵欄，然後向山下飛奔而去。在這北國群山中的十二月，南方人小乙穿著薄薄的棉衣和鐵甲，被北風吹地發抖，他只有飛快地跑著才能保持體溫。

他很快就翻過了一座山頭，這時他聽見了狼叫，一頭狼的影子映在山脊上，輪廓分明，狼看見了小乙，卻只是一個勁地叫，也許牠已經飽餐過一頓死人骨頭了。那年月的確是狼的天堂，小乙把手握緊了腰際的刀柄，加快了步伐。他必須趕在天亮前辦完所要辦的所有事情，並趕回軍營，否則就糟了。他更不能一去不回，如果當了逃兵，家人肯定要被關進大牢。不斷飛奔著的小乙開始喘著粗氣，渾身是汗，儘管這氣溫低得足夠把人凍僵。

又是一座山頭，山巔的明月卻特別地圓，使他不由自主地多看了幾眼，於是他很自然地想起了家鄉的妻子翠翠。他們結婚的時候都只有十七歲，還沒有孩子，第二年小乙就被徵兵的拉走了。翠翠雖然只是個普通的農家女，但在他們村也算是最漂亮的女子了。兩年了，他無時無刻不在想她，他唯一的希望就是想讓翠翠知道，他還活著。

年輕的小乙已經兩年沒碰女人了，連女人什麼味都忘了，只記得翠翠那個鮮活的身體，一個白得有些晃眼的輪廓，至於細節，他只在夢中才能快樂地回味。他不是沒有碰女人的機會，當部隊攻入某個敵人的村鎮時，通常指揮官總是默許士兵姦淫擄掠的。他從不幹這種事，當他的戰友們扛著尖叫著的女人從他面前經過，他會痛苦地閉上眼睛，因為他想到，如果戰爭發生在他的家鄉，那翠翠也會經歷和這裏的女人一樣的遭遇。

現在他是去給翠翠寫信的。這個念頭從他剛到前線就有了，卻從沒像現在這樣強烈。但他剛來的時候人家告訴他最多一年賊黨就會被消滅，很快就會回家的。可所謂的賊黨的勢力似乎越打越大，越打越強，而皇上的軍隊卻已經死了好幾十萬，雙方在這片貧瘠的群山中來回地打拉鋸戰，留下的就是無數的亂葬坑。他現在正走過一個巨大的亂葬坑，沒有墓碑也沒有封土，分不清敵人還是自己人，都是層層疊疊的白骨和殘缺的肢體。現在是冬天，如果是夏天這裏會出現鬼火，這鬼火浩浩蕩蕩，彷彿要把整個大山都燒光。

他小心地摸了摸懷中沈甸甸的銀子，這銀子讓他每晚睡覺都心驚肉跳。他告誡自己這銀子千萬不能丟，這是他足足花了半年的時間，曆盡九死一生才湊齊的。因為他聽說驛站可以為人捎信，但收費特別貴，每十里收一兩銀子，小乙的家鄉離此地有一千八百里，所以需要一百八十兩銀子，這價錢比今天的國際快捷還貴許多倍。其實古代的驛站只有兩種職能，一是接待官員，提供食宿，差不多相當於今天的政府招待所，二是傳遞政府公文，相當於現在的機要通信局。至於民間的信函業務，則是從不辦理的，所以古人寫情書只能通過動物來傳遞，比如魚和大雁，還有鴿子。怪不得李清照要感歎「雲中誰寄錦書來，雁字回時，月滿西樓」。

不過，那幾年兵荒馬亂，皇帝把百分之九十的財政開支都投入到了與賊黨的戰爭中，剩下的自然要歸天子的日常所用。所以，像驛站這樣吃皇糧的單位就窮得連工資都發不出了，於是，為了解決吃飯問題，就需要搞第三產業和多種經營，於是，就秘密地開展了代客捎信的業務，通過遍布全國每一個縣鎮的網路優勢為民服務，當然由於是違法的業務，萬一被中央領導發現要掉腦袋，必須要地下經營，所以成本就高了，這叫風險成本嘛。

為了湊滿一百八十兩銀子，小乙幹了許多讓他晚上做惡夢的事。其實他所做的不過是那時侯當兵的幹得最起勁、最普遍的事——發死人財。也就是從戰死的人身上偷錢，這樣喪盡天良的事不論古今中外都是嚴格禁止的，一經發現立刻就地正法。但真正到了那種年月，誰還管它呢，被抓住算我倒楣，反正在戰爭中是今天不知道明天的。如果沒給抓住就能在戰爭的間隙光明正大地享樂一番，要是可以活到退伍的那天，帶著這些錢回到家鄉也夠下半輩子了用。

小乙頭一回幹這事是在一場小衝突之後，在荒野中留下了五十幾具雙方的屍體，而我方的指揮官也送命了。活著的人發瘋似地剝光了死人的衣服，尋找著一切值錢的東西，小乙呆住了，他感到噁心。突然一個老兵對他說：「小乙，你不是想給家裏寫信嗎，快動手吧，有了錢就能寫信了，別怕，也許這人活著的時候就是個搶死人錢的老手呢。」老兵拉著小乙趴到了一個差不多和小乙同樣年齡的對方士兵的屍體上，老兵摸遍了死人的全身，什麼都沒有，老兵罵了一聲「窮光蛋」，就轉移了目標。終於，他有了收穫，他和小乙一同翻開了一個胖子的屍體，那傢伙胖得驚人，一定是有錢人家的子弟，他們從胖子身下找到了一個荷包，包裏有十兩銀子，老兵很慷慨，分給了小乙一半。從此，老兵就帶著小乙幹了許多這種事，每次小乙都渾身發抖，但只要他們還活著，在每次作戰後都會有收穫。直到有一天老兵在摸一個死人的時候，那人居然沒死，垂死掙扎地戳了老兵一刀，一起同歸於盡了。那天小乙有些瘋狂了，他其實很恨那個老兵，是老兵讓他幹這種沒良心的事的，以至於讓他欲罷不能了。小乙剝光了老兵的衣服，在老兵的褲腰帶裏找到了一百兩銀子，這全是老兵從死人身上搶來的，小乙向他吐了口唾沫，把銀子又塞到了自己的懷裏。後來小乙成了這方面的老手，雖然他時常地在懺悔。但他從不打活人的主意，比如搶奪老百姓的財物，乃至於殺良冒功，儘管這些事同樣在軍中盛行。

現在他終於湊滿了一百八十多兩銀子，顫顫危危地向山下跑去。月光照在他臉上，他的臉還像個孩子。

下雪了，終於下雪了。轉眼間北風夾著漫天遍野的雪花從他耳邊呼嘯著刮過，但他什麼都聽不見，只聽見自己的心跳。

總共三個山頭，他都翻過去了，終於他見到了那個山谷中的小鎮子。鎮子很小，許多房屋都是殘垣斷壁，空無一人，只剩下幾十戶門窗緊閉，毫無生氣的樣子。他來到一個掛著塊「代客寫信」的招牌前，小乙大字不識一個，他只能從招牌上畫著的一支筆的圖形才隱隱約約地看出來。他用力地敲門，敲了很久，才有個留著兩撮鼠鬚的老頭開了門，老頭罵著：「哪裏來的催命鬼，三更半夜不讓人睡覺。」

但當老頭看見是一個當兵的時候，老頭就不敢說話了，他結結巴巴地說：「軍爺，我們家是良民，不通匪。」

「我要給我媳婦寫信。」小乙從懷裏掏出了一個銀元寶塞在了老頭手裏。

老頭在昏暗的燈光下鋪開了一張信紙，準備好了文房四寶。老頭說：「你管你念，我管我寫。」

小乙說：「翠翠，你還好嗎？」然後他沈默了半天。

「下面呢？」

「下面我忘了。」在來之前，小乙早就準備好了要對翠翠說的話，他每天晚上睡在營房裏就想著這些話，雖然很長，但是小乙居然能一字不差地都背下來。但現在來到了這裏，心裏頭「砰，砰」地亂跳，一下子全都忘光了。小乙著急了，他抱著頭竭盡全力地想，卻想不出半個字。

老頭說：「接下來還是由我給你寫吧，這些年，老頭我幾乎天天都給那些當兵的寫信，內容幾乎都是從一個模子裏出來的，放心吧，我寫的信，保證讓你滿意，更讓你媳婦滿意。」

小乙點了點頭。

於是，老頭差不多是不假思索地寫著，一會兒，整張信紙就佈滿了老頭那歪歪扭扭的字跡。但在小乙眼裏，依然如天書一般神奇。老頭把信從頭到尾念了一遍，小乙非常滿意。又給老頭加了幾錢碎銀。然後請老頭開信封，先寫小乙家鄉所在的州縣和某某鄉某某村，然後是名字，老頭說不能寫「翠翠收」，這樣送信的人看不懂。要寫大名，小乙不懂什麼是大名，於是老頭問清了小乙的姓和翠翠娘家的姓，在信封上寫著「羅王氏親啟」的字樣。落款是「羅小乙」。

「行了嗎？」老頭問，他有些得意。

「慢。」小乙抽出了刀，老頭臉色變了，以為當兵的要殺他，於是給小乙跪了下來：「軍爺，你可不能卸磨殺驢啊！」

小乙不是這個意思，他用刀割下了自己的一縷頭髮，足有五六寸長，放在了信封中。然後又用毛筆在信紙的背面畫了一個人，一個戴著頭盔，穿著鐵甲的人，就是小乙自己，又畫了一個女人，那是翠翠。當然，他畫得既不寫實更不寫意，像是兒童畫。

老頭笑了，然後老頭熟練地把信裝入信封，用火漆把口給封上了。小乙接過信，居然向老頭磕了個頭，然後飛奔著跑出了小鎮。

大雪越下越大。

小乙把信揣在懷裏，貼著心口，那兒有一道傷疤，從右肩直到左胸。帶著十二月的一陣寒氣和雪花的信緊緊貼著他的傷口，於是一股刺骨的疼痛又開始折磨他了。他停下來喘著粗氣，捂著胸口，汗珠佈滿了他的額頭。那道傷疤，是在一場激烈的戰鬥中落下的。那時小乙剛到前線不久，他們突然受到了敵方大隊鐵甲騎兵的衝擊，眨眼之間，五千人的隊伍像是遭到一陣颱風的襲擊，躺倒了一大半，血把天空都染紅了。一個大個子騎兵渾身是血怒目圓睜，馬蹬上掛著二十多個人頭，舉著血紅的大刀向小乙劈頭砍來，小乙嚇傻了，幾乎沒有反應，眼睛裏只有一大片紅紅的血色。完了，他逃不了了，正準備著被別人一劈為二的時候，他的腦子裏突然閃過了翠翠的那張臉。於是他彎下了身子，躲過了那一刀，然後一槍刺入了大個子騎兵的肚子，騎兵的肚腸流了出來，好長好長，似乎永遠都流不光，小乙麻木了，他不明白自己就這麼輕輕一捅，一個剛才還生龍活虎的人，同是爹娘養的皮肉，就像泥巴一樣爛了。

他就這麼看著對方的腸子慢慢的慢慢的流到了自己的身上。騎兵居然沒有感覺到自己的肚子被人鑽了個大窟窿，還在揮舞著大刀砍死了好幾個人，最後一刀沒了力量，勉強砍在小乙的胸口。騎兵從馬上栽了下來，倒在地上不斷地罵著髒話，直到被割去了首級。小乙也倒下了，被揹了回去，卻沒有任何醫療措施，他的傷口裸露了好幾天，血不斷地往外流，他以為自己肯定沒命了，卻沒想到過了半個月傷口自行癒合了，他又能歸隊打仗，只是一遇寒冷傷口就會鑽心地疼。

月亮已掛在了中天，子夜時分寒氣逼人，小乙強忍著疼痛穿過山谷，越過一條結了冰的河，來到一條寬闊的官道上，驛站就在官道邊上。高大的房檐像個縣衙，卻是破破爛爛的，陰森地立在那兒。

驛站裏有一個值班室，日夜都有人，他來到門口，卻聽到裏面卻傳出了女人的尖叫聲。

那聲音特別地撩動人心，讓小乙回想起了什麼，臉上一陣發熱，好久沒聽到過這種聲音了。

小乙故意在門外徘徊了好一陣，門裏的聲音卻好像一浪高過一浪似地滔滔不絕，直到這潮水漸漸地平息下來，他才敲了敲值班室的門。接著傳來一個男人洪亮的聲音：「誰？」

「來寄信的。」

「半夜裏寄什麼信，明天早上再來，我睡覺了。神經病。」

「大哥，我把銀子都帶齊了，就行行好吧，我是當兵的，是從軍營裏溜出來的。」

門開了，一個彪形大漢赤著上身給他開了門，一把將小乙拉了進去，把門又關上了。房間裏點著一堆爐火，讓小乙渾身都暖暖的。屋子裏有張床，在厚厚的棉被裏鼓鼓囊囊的，露出了一截女人的長頭髮。

「有什麼好看的，小兄弟沒討過老婆吧。」漢子一邊穿衣服，一邊拍著小乙的肩膀。

「不，有老婆，我就是來給她寄信的。」然後小乙取出了信。漢子看了看信封上的地址，他居然還識字，然後翻出本簿子，也就是資費表，算了算路程和資費：「一百八十兩銀子。」

小乙把所有的銀子都拿了出來攤在他面前，漢子點了點錢，說：「正好。」其實還多出了幾兩。漢子取出一個印章蓋在了信封上，就算是政府公文了。他說明天早上就有一班驛馬要出發去州府，一起把這封信帶出去。

「謝謝大哥，三更半夜打攪您了，您的大恩大德，小乙沒齒難忘。」小乙激動地給漢子拜了一拜。

「得了得了，我老婆還等著我辦事呢，快回去吧。」

小乙走出房間，離開了驛站，身後卻傳來漢子洪亮的嗓音：「小兄弟，路上小心，有狼。」

小乙聽了之後，鼻子一酸，眼淚嘩嘩地流了出來：「大哥，我永遠都忘不了您。」他的聲音迴蕩在夜空中。他又踏著雪走過官道，越過那條河，走進山谷，路過小鎮，他又在那個老頭的門前拜了一拜，然後他步入了群山之中。現在山野間都已經成了一片銀白色，他的頭盔和鐵甲上也都沾滿了雪。他不斷哈著氣，跺著腳，在身後的雪地裏留下了一長串的腳印。

軍營裏的伙食太差了，頓頓都是發餿的小米飯，讓他又累又餓，他左手捂著胸口，速度明顯不如來的時候，但依舊在全力地跑著。其實他真不願意回去，在這大山裏，他隨便往哪一躲，然後找機會逃回去，誰都抓不到他。可是他不能連累翠翠。

他吃力地翻過一座座山頭，又見到了亂葬坑裏的一大堆白骨，他已竭盡了全力。他很睏，想睡覺，可他明白，在下著大雪的山野中，一旦睡著了，就永遠也不會醒來了。他不知從哪來的力量，想到了還有回家的可能，於是他又振作了精神跑了下去。

東方已經出現了一線白光，天空呈現出了一種美麗的紫紅色，就快要日出了。他無暇欣賞這壯麗的日出，因為軍營已在眼前了。龐大的軍營裏有好幾萬人，幾千個銀白色的帳篷星羅棋布蔚為大觀，除了巡邏隊外都仍然沈浸在夢鄉。他成功了，現在回去時間正好，他們還沒起來，沒有人會知道他去過哪兒的。

小乙高興地翻過了軍營的柵欄。

一年以後。

翠翠打扮地非常漂亮，坐在家裏唯一的一面小小的銅鏡前，她已經二十一歲了。兩歲的兒子安靜地躺在床上睡著了，兒子是小乙走後第九個月生下來的，也許就是他臨走前的那一夜的作品吧，可憐的小乙還不知道他自己已經有了兒子了。她今天就要結婚了，她要改嫁給村裏的光棍阿牛。半年前，鄰村的一個斷了條胳膊的退伍老兵告訴她，小乙已經死了。阿牛早就對翠翠有意思了，但阿牛是個非常老實的人，雖然是個很能幹的勞力，人卻長得很難看，所以沒人願意嫁給他。阿牛知道小乙的死訊以後，跪著對翠翠說：「嫁給我吧，我會把你們母子倆照顧好的，我會把小乙的兒子當成我自己的兒子一樣。」那年晚上天空掛著一輪新月，阿牛有力的大手緊緊握著翠翠的手，讓她有一種安全感。

翠翠一開始沒有同意，她天天以淚洗面地考慮了一個月，終於心裏那道堤壩還是崩潰了，那時候二程先生和朱夫子還沒出世，寡婦改嫁也不算稀罕。她同意了。

過一會兒阿牛就要帶著財禮和花轎來接她了。她的臉上掛著淚珠，她忘不了小乙。

「羅王氏。誰是羅王氏。」門外傳來了一陣吆喝聲。

「羅王氏，從來沒聽說過有這個人。」翠翠對自己說。

門外又傳來村裏教書先生的的話：「羅王氏，不就是翠翠嗎？不過，她明天就不叫羅王氏了。」

「翠翠，有你的信。」教書先生敲著翠翠的門。

翠翠非常奇怪，她還不懂什麼叫信。門口站著一個騎著馬，穿著政府制服的人：「你叫羅王氏？」

「不認識，我叫翠翠。」

「她的大名就叫羅王氏。」教書先生在一邊說。

騎馬的人把一封信塞在了翠翠的手裏，然後揚鞭走了。翠翠茫然地拿著信，不知所措。

教書先生看著信封的落款叫了起來：「是小乙，是小乙給你寄來的信。」

「小乙？」翠翠彷彿見到了什麼希望。

「快拆開來看。小心點，拆有火漆封口的地方。」

翠翠照著他的話拆開了信，取出了信紙，但她不識字，看不懂。她只認識小乙夾在信裏的那縷頭髮，烏黑烏黑的，還殘留著小乙身上的那股味道，這味道只有做妻子的才能聞出來，並且一輩子都不會忘記。這頭髮，這味道，翠翠在夢中已摸到過，聞到過許多回了。她把小乙的頭髮緊緊貼在自己的臉上，彷彿就是自己的生命。

「先生，能給我讀信嗎？」翠翠懇求著教書先生。

「好的。」他開始讀了。

翠翠：

妳還好嗎？

我想妳。我在這裡過得很好，我們打了許多大勝仗，打死了許多賊黨，我們自己的傷亡是微乎其微的。賊黨就快要被我們消滅光了，戰爭很快就會結束的。我所屬的部隊離敵人很遠，很安全，我也活得好好地，我還長了好幾斤肉。我們這的伙食和城裡人吃得一樣好，營房又乾淨又暖和，棉衣很厚，我還從沒受過傷，生過病呢。妳一定要放心，我不會有事的，我福氣大，就算我們部隊全都死光了，我也會活著回來的。翠翠，妳寂寞嗎？我每晚都夢見妳，等我回來的時候，我希望妳和以前一樣漂亮。沒有人欺負妳吧，如果有，我回來一定要他的命。今年的收成怎麼樣？我們家的老母雞殺了嗎？不用省，想吃就吃吧，只是別在下蛋以前殺。我們家的兩頭豬呢？下過仔嗎？有的話，把小豬養好。現在天氣冷，睡覺的時候多蓋點被子，妳一個人有困難，請村裡的鄉親們多幫幫忙，別不好意思。翠翠，告訴妳，我立了軍功，救了將軍的命，將軍答應等戰爭一結束，就封我做官，到時候，我會坐著轎子回來的，妳就會過上好日子了。等著我，一定要等我，翠翠，保重。

小乙

「沒有寫落款的時間。」教書先生說，「一定是小乙請人代寫的，翠翠，你真有福氣。」

翠翠卻在哭。她奪過信紙，還看到了信背面小乙畫的他們兩個人的圖形。她哭得更厲害了，她躲到了屋裏，把頭埋在兒子的身邊哭著，兒子驚醒了，不解地看著年輕的母親。翠翠對兒子說：「孩子，這是你爹來的信，你將來一定要識字，要能自己看懂你爹的信。」翠翠緊緊抱住了兒子。

門外，阿牛迎親的隊伍卻來了，刺耳的喇叭聲傳遍了全村。阿牛今天特別高興，一副新郎的打扮。「翠翠。」他跨進了門。

翠翠面帶淚痕地站在阿牛面前，輕輕地說：「阿牛，對不起，我不能嫁給你，小乙給我來信了，他還活著，活得很好，他很快就會回來的。對不起，阿牛。」

阿牛沈默了，他的嘴唇動了幾下，卻始終沒說話，他一動不動地站了許久，終於一把扯碎了新郎的衣服，然後狂奔了出去。

第二天，人們發現了阿牛上吊自殺的屍體。

小乙那天把這封信叫給驛站以後的第二天，驛馬就把信放在公文中一起帶到了州府。那裏的驛站一看這封信的收件人是個村婦就知道是封家書，但那年月都要講點職業道德，睜一隻眼閉一隻眼也就算了。只等下一班到南方去的郵驛，可是那時候的公文絕大部分都上京城，所以一等就是三個月，等來了一班去四川的公文，其實這所謂的公文也不過是某個將軍寫給老婆的家書罷了，雖然四川離小乙家鄉相距很遠，但總之也算是南方，就一起帶了出去。郵差騎著馬過了黃河，到了京城，又翻過了秦嶺，走上了難於上青天的蜀道，曆盡無數險山惡水，足足走了三個月，換了十多匹馬才到了成都。成都驛站在一個月後又把這封信轉到了渝州，也就是現在的重慶，在那兒上了一班郵船，走長江的水路。到了白帝城，有個被貶又被皇帝召回的詩人上了郵船，詩人氣宇軒昂地站在船頭，兩岸的猿猴不停地叫著，只用一天工夫就穿過三峽到了江陵，於是他寫下了一首膾炙人口的詩。詩人離開了船後，船速又放慢了，又花了三個月時間過武昌的黃鶴樓，湖口的石鍾山，當塗的採石磯，潤州的金山焦山，從那裏入大運河，過了姑蘇城外的寒山寺，直到杭州的錢塘江邊。杭州驛站收下了信，可由於富春江發大水沖壞了驛路，只能走海路，於是上了一班去廣州的郵船，在海上飄了兩月才中途下船，直奔小乙的家鄉了。總共花了一年時間，這在當時已經算是快的了。如此算來，一百八十兩銀子也不算貴。

又過了十八年，小乙和翠翠的兒子二十歲了，簡直又是一個小乙的翻版。翠翠還給兒子張羅著討了新媳婦，如今翠翠也做婆婆了。翠翠早就賣掉了豬和雞，每天沒日沒夜地織布，然後到城裏賣錢，就是為了供兒子從小在教書先生的私塾裏念書，兒子很聰明，十歲的時候就會把小乙的信全文一字不差的念給翠翠聽了。爾後幾乎每天晚上翠翠都要兒子念一遍那封信，她百聽不厭，兒子一天不念信，她就好像生活中少了點什麼。兒子長大了，翠翠卻因超負荷地工作未老先衰了，她只有四十歲，卻像五十歲的人，滿頭白髮和皺紋，她的年輕美貌也只能成為記憶了。

她沒有改嫁，她在等小乙，一等就是一輩子。

「翠翠，你看誰回來了?」教書先生對她說。一隊人正敲鑼打鼓地向她家走來，「是小乙。」

翠翠叫了起來，「是小乙當了大官回來了。」

她興奮地迎了上去。卻不是，儘管這騎在馬背上的這張臉是那麼與小乙相像，是兒子。

兒子進京趕考中了狀元，衣錦還鄉了。

但翠翠卻似乎不認識兒子了，她一把抱住他，叫著小乙的名字，她從懷裏取出了多年來一直深藏著的信：「小乙，你終於回來了，這麼多年了，我好想你，看，這是你寫給我的信，我們有個兒子，還有了兒媳，很快就會有孫子的。我們的兒子很有出息，他進京趕考了，他會中狀元的。」

「娘，是我啊，我中狀元了。」兒子說。

「你是小乙，你做大官了。」

翠翠瘋了。

十八年前，小乙在驛站裏寄完了信，趕在天亮前回到了軍營。當他翻過柵欄，以為萬事大吉的時候，卻發現部隊正整裝待發，準備在天亮前偷襲敵軍。監軍在點名，正好點到小乙的名字，小乙高喊了一聲：「到！」他匆匆忙忙地跑向佇列。

「站住，你遲到了。」監軍嚴厲的說，「根據軍法第六條第三款：出發前點名有遲到者一律就地正法！來人，把他綁了。」

小乙被五花大綁起來，他想叫，他想說自己只不過是去給媳婦寄了一封信，但他的嘴被破布塞住了。他被押到了閱兵臺上，他看著下面白色的雪地上站著黑壓壓地好幾萬人，都鴉雀無聲。

這時太陽升起了，從東方，在山巔之間，那輪火紅的東西像是個出生的嬰兒一樣升上天空，小乙想：我要是有個兒子就好了。太陽越升越高，照亮了他的臉，忽然他飛了起來，高高地飛了起來，他離地面越來越遠，他見到地下躺著個沒有腦袋的死人，那就是他自己。鮮紅的血濺滿了雪白的地面，像一朵冬天的梅花，特別美。拿大刀的劊子手把他的人頭高高地舉起。

小乙飛得離太陽越來越近了，他突然想到了驛站，大約現在，郵差大哥已經帶著他寫給翠翠的信出發了吧。

一路平安，我的一封家書。

十個月亮

在后羿射日之前，天上有十個太陽，自然也有十個月亮。后羿射日之後，白天只有一個太陽，而晚上仍舊有十個月亮。當時的月亮並無後來陰晴圓缺的變化，一年到頭，不論初一還是十五都是一樣的銀盤大臉圓圓滿滿的樣子。我們可以想像十個圓月掛在頭頂，一起放出撩人的清輝的美景，恐怕就要無比羨慕我們的祖先了。

一個三十歲的女人，正在美麗的月光下，獨自顧影自憐，她還沒有生育過，所以還保持著少女的完美體形。據古書上記載，這個女人美得出奇，今天再也找不到像她這樣美的女人了，事實的確如此。這時一個四十歲的肥胖女人走過她的跟前，向她微笑著打招呼，這令她大吃一驚，因為她記起來了，胖女人在十年前還是一個苗條的人間尤物，而現在，卻像是一塊被用皺了的抹布。她向那女人表示了同情，悄悄地流下了眼淚。古書上說，她流淚的樣子也是美的。

她叫嫦娥，是羿的妻子。

十幾年前，當她還是個少女的時候，她幾乎從未碰過陽光。那年月不是今人可以想像的，人們都是晝伏夜出，與動物的生活節奏相同。白天的十個太陽是任何人都難以忍受的，人們只能躲在山洞裏睡覺。而到了晚上，天上十個月亮光輝燦爛，把黑夜照得如同白晝，又不失月色的纏綿，各色人等就在這月光下打獵捕魚，采桑織布，乃至婚喪嫁娶。

後來，從東方的夷人部落來了一個年輕人，他的身上背著一張巨大的弓和用燧石做成的箭。當人們都在山洞中做著白日夢時，他抬頭仰望十個太陽，十道灼烈的陽光讓人頭暈目眩，皮膚開裂。年輕人彎弓向日，射出了九隻箭，一箭一個，把九個太陽全給射落了，只剩下最後一個太陽在天上害怕地發抖。

這個年輕人就是羿。

後來羿又奉了堯的命令，斷修蛇於洞庭，禽封豕於桑林。成為了一個大英雄，娶了一個美麗的女子，這個女子，就是嫦娥。

人類的幸福生活都應歸功於大英雄羿，是他拯救了人類。人們無限地崇拜他，給他和他的妻子嫦娥以極高的地位，甚至連堯都在考慮將來把位子禪讓給羿。

所以，羿是幸福的。人們總這麼說，不但是因為他的地位，也是因為嫦娥的美貌。

是的，古書上說，嫦娥的美注定是永恒的。

但三十歲的嫦娥卻不這麼想。她究竟想些什麼，沒人知道，古書上也沒有記載，這一點是古人的遺憾。古書只記載了她抬頭仰望月亮的時間要遠遠多於她注視羿的時間，以至於引起了這個大英雄對明月的嫉妒。

嫦娥遙望的明月與今天的不同，應該算作是複數，或者說是月亮們。就像現在我們在仰望群星，而古人在仰望群月。嫦娥坐在一條清澈的河邊，河水裏也倒映著十個月亮，所以總共是二十個月亮，古人的數學不太發達，得把全部的手指頭，腳指頭統統算上才能數清楚，這有點像與中國人有血緣關係的古瑪雅人，他們採用二十進位，用手指，腳趾進行計算，這就苦了手腳有殘疾的人了。

我在閒扯了，但那時的確還未發明鞋子，嫦娥光著腳丫子坐在河邊，手腳並用地數著月亮，她數過無數遍了，她就這樣打發著時光。因為她是羿的妻子，所有的人都願為她做事，而她的丈夫，那個舉世無雙的大英雄，則一天到晚在深山老林裏斬妖除魔，為民除害，有時幾乎幾個月見不了面。她有點無聊。

在無聊中，她只能做三件事，第一件是數月亮；然後是觀察自己的身體變化，以免發胖，或是臉上生皺紋之類的，這一點倒與今天的三十歲的女人們相同；第三件，就是回憶往事。

嫦娥是十八歲嫁給羿的，當時，羿剛剛射下九個太陽，年輕瀟灑，雄姿英發。是堯為他們主持的婚禮，幾乎所有的人都喝了他們的喜酒。婚禮是在月光下舉行的，十個月亮把新娘裝飾地無比美麗，簡直就是下凡的天仙。古書上說，那是中國第一個婚禮，標誌著中國開始走出群婚制的蠻荒時代，他們也是中國第一個穩定的一夫一妻制的家庭，具有空前的意義。然後，他們幸福地度過了蜜月，成為世界上最美滿的一對兒。

十年過去了，嫦娥沒有給羿留下一男半女，但羿依然愛她，她也依然保持著少女的體形和容貌，彷彿她永遠是十八歲。

堯的妻子來了，嫦娥見到這位中國的第一夫人踩著月光走到她面前。拉著嫦娥的手，仔細地端詳著她，卻一言不發。十個月亮放出的光芒讓嫦娥的全部都暴露在第一夫人眼前，嫦娥從她的眼中見到了一種無限的羨慕。第一夫人是來向嫦娥請教永保青春的秘方的，她嫁給堯已經三十年了，那時他們也是郎才女貌的一對，她也有著魔鬼身材，可現在，堯已經娶了十六個老婆了，並且已有一年沒和糟糠之妻說過話了。第一夫人說著說著，便淚如泉湧了。可嫦娥根本就沒有什麼養顏的秘方，她只有安慰著第一夫人好半天，才送走了這位更年期婦女。

目送著第一夫人遠去，嫦娥的心裏突然有些亂，堯總說要把位子禪讓給羿，那麼將來自己也會是第一夫人，她會和她的前任一樣嗎？嫦娥不願再想下去，她脫去了老虎皮做的衣服，下河洗澡了。其實她是想借助明亮的月光，看一看自己的身體，這身體依然是完美的，放到今天可以在伸展台上拿到世界模特兒冠軍。

雖然我沒有親眼見過，但古書上確有這樣的記載，我相信。

嫦娥泡在水裏，就像是美人魚一樣，過了很久，直到她突然發現水裏還有人。她靠近了那兒，是個七十多歲的老太婆在洗澡，全身的皮膚鬆弛，像一堆棉花，老太的頭髮差不多快掉光了，剩下幾根也是一片雪白，臉上的皺紋如刀刻一般，牙齒也全沒了，在那年月，能活到這個歲數那是非常非常不容易的。嫦娥感到有些噁心，她想到自己還光著身子，就要往回跑，但老太叫住了她，老太太對她微笑著，老太太伸出了顫抖著的手，撫摸著嫦娥的身體，嫦娥見到那隻佈滿折皺和老年斑的手就有些害怕，但她還是忍耐住了。老太太的粗糙的手在嫦娥身上游走著，彷彿在牽著她，有一股巫婆般的魔法。老太太說自己年輕的時候也和嫦娥一樣漂亮，一模一樣。嫦娥不信，她掙脫了老太太，飛快地穿上虎皮，沿著河岸向上游跑去。

她年輕，她健康，她跑得就像隻母鹿一樣矯健。她一口氣跑了很遠，直到她確定已經擺脫了那個老太太。上游很荒涼，人煙稀少，她盲目地在河邊走著，彷彿今夜一下子使她改變了許多。

一具白骨，她忽然見到了河邊上的一具白骨，在十個明月的照射下發出森嚴的反光。從這具遺骸的骨盆可以判斷出這曾是一個女人。這些骨頭輕巧纖細，彷彿是精美的工藝品，白得有些晃眼。雖然骷髏的樣子令她作嘔，但這具骨骸還是抓住了嫦娥的注意力。骨骸橫臥在地上，河水沖刷著它的腳趾，這個姿勢其實很美，非常優雅，有一種高貴的氣質。

嫦娥哭了。她感到眼前這具骸骨其實就是她自己。

嫦娥恐懼起來。她慢慢地低下頭，把眼淚滴在河水了，河水被她的眼淚弄鹹了。她低頭對著河面，月光皎潔，平靜的河面彷彿如面鏡子，事實上在鏡子發明之前，水面就是鏡子。

在月光明亮的鏡子裏，嫦娥發現她的眼角多了一絲魚尾紋。

她沈默了，在骨骸邊，她沈默了很久，已是下半夜了，涼涼的夜風刮起她烏黑光澤的長髮。她再一次抬頭仰望十個月亮，古書上說這次仰望是致命的。

她以極快的速度回到了家，所謂的家不過是架在樹上的一個巨大的巢而已。她從家裏取出了一粒藥丸，然後吃了下去。

這藥是崑崙山上的西王母送給羿的，漢朝及其後世的西王母也就是王母娘娘，是個「年可三十許」的麗人（班固《漢武內傳》），而在上古時期，西王母還沒有進化過來，「豹尾虎齒而善嘯，蓬發戴勝，是司天之厲及五殘」（《山海經》）。

至於這粒藥的作用，準確地說能延年益壽，抗拒衰老，永保青春，增加新陳代謝，提高生活質量，是二十一世紀人類科技發展和生物工程的結晶，可惜至今仍未發明出來。可在古代，的確有，簡單的說，就是長生不老之藥。

羿拿回這藥的時候，神秘兮兮的，千叮嚀，萬囑咐，絕對不能吃，至於原因卻不肯說。

現在嫦娥吃下了藥。心頭砰砰地亂跳。然後她抬起了頭，看著十個月亮。

突然，她的身體輕了起來，彷彿有什麼東西托起了她，她的腳離開了地面，居然自己飛了起來，她越飛越高，向下一看，自己在樹上的家越來越小。嫦娥害怕了，她叫了起來，但地面離她越來越遠，沒人聽得到，她的羿正在千里之外的大山裏殺野獸呢，更加聽不到她的救命聲。漸漸，她飛入了雲層中，又飛出了雲層，她離十個月亮越來越近，好像每一個月亮都在伸手擁抱她。

終於，她在其中一個月亮上登陸了。

與阿波羅登月行動中，美國人阿姆斯壯走出登月艙，踏出那自己的一小步、人類的一大步時，見到的景像不同。嫦娥見到的不是那個一片荒涼的星球，她看見月亮上有一座巨大的宮殿，那就是廣寒宮。月亮上還有三種生物，一是桂樹，二是兔子，三是蟾蜍（癩蛤蟆）。她抱起了雪白的兔子，走入廣寒宮中，巨大的宮殿中空無一人，她明白了，這座宮殿就是為她而建的。

嫦娥抬起頭，見到的是四周另外的九個月亮，全都一模一樣。而她熟悉的地球，則已遙不可及，在一片黑暗的宇宙中，這是唯一的藍色星球。地球真美啊。

嫦娥後悔了，她從沒想到過，自己原先生活過的這個星球是在銀河系裏，是多麼迷人。

她又哭了，淚水流到兔子的臉上，月兔從三瓣嘴裏伸出舌頭舔著她的眼淚。她知道，她永遠也回不去了。

在地球上，我們的大英雄羿回來了，他扛著頭大野豬，背著大弓回來了。但嫦娥失蹤了，他找了很久，直到他發現西王母送給他的長生不老藥不見了，他終於明白嫦娥去哪了。

羿憤怒了，他抬頭望月，十個月亮向他眨著眼睛。月亮，我恨你們！羿對準了月亮彎弓搭箭。我能射下九個太陽，也能射下十個月亮。他向月亮們判處了死刑。

那天夜裏，天下所有的人都向羿下了跪，因為人們熱愛十個月亮，十個月亮，一個都不能少。連堯都拉著羿的衣服，對他進行思想政治工作。但羿已到了憤怒的極點，他不能沒有嫦娥，他要報復，他要月亮們付出血的代價。

他終於射出了箭，第一個月亮中箭了，它在天上搖晃了一下，發出了一聲驚天動地的慘叫。然後，所有的人都看到那個月亮流出了許多血，接著一頭栽了下來，落到了大地盡頭的無底洞裏。緊接著第二，第三，第四，直到第九個，全都被羿射了下來。他一口氣處死了九個月亮。只剩下最後一個月亮還在孤獨地堅守著夜空，他不知道，嫦娥正在這最後一個月亮上看著他。而夜空，越來越昏暗了。

羿決心要把月亮趕盡殺絕，一個不留，儘管這時堯已經嚇昏過去了。他抽出了最後一支箭搭在了弦上，箭頭直指最後的月亮。

但就在這個瞬間，月亮變了，羿揉揉自己的眼睛，但沒錯，月亮的確變了。月亮變瘦了，從一個標準的圓，變成一個缺角的圓，就像是被人咬了一口。那個吃月亮的人越吃越多，月亮也變成了一個半圓，但半圓也在變小，彷彿被挖掉了一大塊，一直到變成一個彎彎的勾子的形狀，也像枚彎彎的柳葉。

羿驚呆了，他明白嫦娥就在那上面，天下所有的人也嚇呆了，以為羿觸怒了神靈，要有大災禍發生了，世界末日就要來臨了。羿放下了弓箭，他虛弱地坐倒在地上，無力抗拒神聖的自然。

十五天過去了，月亮每晚都有變化，它在漸漸地變大變圓，花了十五天的時間又恢復了原先那個標準的圓。然後又過了十五天，從圓月又變成了一輪彎彎的如勾新月，總共三十天，月亮缺了又圓，圓了又缺。像個女人的生理規律。

羿明白了，是嫦娥，是移居月亮的嫦娥使月亮變成了一個女人。從現在開始，月亮是有生命的，是一個活生生的女人，她有血有肉，也有感情，那是他的妻子。

羿放棄了，他不想再射月了，他永遠地失去了嫦娥。他仰望著最後的月亮，彷彿面對面地看著他的妻子。他走了，離開了堯和他的部落，獨自一人走向了荒野。他失去了英雄的氣概，像個平凡的人，毫無防備地遊蕩著，他的徒弟逢蒙卑鄙地偷襲了他，射死了羿。羿至死仍在呼喚著嫦娥。

從此中國人的曆法以月亮來計算，相對於西方的太陽曆，中國曆法叫陰曆。把月亮三十天一個盈虧的輪迴的時間稱做一個月，月亮圓了十二次，就是一年。

在另一個星球上，嫦娥終於實現了永保青春的夢想，不論地球上過了多少年，她永遠都是三十歲的年齡，十八歲的身體。

她終於懂了，什麼叫一個人的天荒地老，五千年過去了，雖然有個只會砍樹的吳剛來到月亮上，雖然有月兔搗藥來陪伴她，但依然無法擺脫那種純粹的孤獨。

今天晚上，當你抬頭望月的時候，不管月亮是圓是缺，你都再也不會有古時候十個月亮的那種感觸了。就算你坐著太空船去尋找，也只是一個朦朧的夢，你永遠都見不到那個最美的女人，除非，你是復活的羿。

殉——「青銅三部曲」之一

「七月流火，九月授衣。」

這是采詩官們記錄下來的《七月》的第一句。胡丁他們也在七月流火下的田野中汗流浹背地唱著這首歌，他們羨慕著這首歌裏的農夫，因為他們連農夫都不如，他們是奴隸。

西周的太陽似乎比今天的更毒辣。胡丁赤著上身，他的背脊寬闊而黑亮，成行的汗彷彿永遠也排不乾他體內的鹽份。

當他們唱到「春日遲遲，采蘩祁祁。女心傷悲，殆及公子同歸」時，胡丁偷偷用眼角餘光瞄了一眼遠處那些采桑的女奴隸們。歌裏唱得沒錯，采桑女們都很害怕那些到野外來打獵，祭祀或者乾脆就是尋歡作樂的貴族公子們，會突然坐著馬車飛馳而來將她們中的一個擄去。

忽然，胡丁真的看到有兩輛馬車和一隊士兵來到了田野中，采桑女們都驚慌失措地四散而去，但最後還是被全部圍住了，她們全都跪在了一個峨冠長袍的貴族家臣腳下。家臣銳利的目光掃視了一圈，把其中一個最漂亮的采桑女帶走了。胡丁忍不住握緊拳頭站了起來。

但另一架馬車卻來到了胡丁他們中間，一個軍官踩著侍從的背下了馬車，與這裏的管事耳語了幾句。然後，軍官像挑一匹馬或是一頭牛一樣，在他們黑亮的肌肉上摸一下，捏一下，又檢查了他們每個人的牙齒。最後，他把胡丁帶走了。

胡丁被裝進了一架牛車上的木籠子裏，隨著車夫抖動韁繩，他突然全身乏了力，像一隻待宰的羔羊，閉上了眼睛。

那天晚上，越女在一架由白紗籠罩著的馬車上進入了一扇巨大的石門。她被帶到一座雄偉而結構複雜的大殿中，花了很長時間才穿過偏門裏一道長長的迴廊，才到達第七座配殿。

在那兒，越女被安置在一個寬敞乾淨的房間裏。

他是誰？誰會有那麼大的排場和豪宅？越女一夜都沒睡著，她猜不出那個人到底什麼樣。她一直蜷縮在一個角落裏，注視著那扇門，她已經想好，一旦那個人闖進來，她就立刻自殺。

而在這裏只能上吊，曾有一個采桑女同樣也是被擄走，後來又送回來了，但回來的是具吊死的屍體，那樣子把越女嚇壞了。

可這一夜就這麼平靜的過去了，什麼也沒發生。第二天一早，一個衣著華麗的婦人進來給越女送來了一件新衣服和一碗飯一碗湯，並告訴她可以自由活動，只有不越過最後一道黑色石牆。

越女完全糊塗了，但饑餓使她抓起飯碗就吃了。這是大米，香噴噴白滾滾穗香四溢，南方的酋長進貢給周朝的大米。和她故鄉江南吳越的水田裏出來的大米一模一樣。自從她來到這只長麥子和黍的地方，每天不是為天子采桑就是織布，白米飯或是一口肉一滴油只是夢裏才有的。現在還有一碗豬肉和骨頭熬成的肉湯，飄著一層厚厚的油，等到飯碗湯碗都底朝了天，她還用舌頭搜刮了一陣。

越女以為自己是在夢中呢，她又把自己身上又臭又髒滿是窟窿的舊衣服換了，穿上那件絲綢的新衣服。這就是她每天采桑養蠶，取絲織布出來給士大夫和貴夫人們享用的東西。她實在無法理解，於是走出了房門。

這兒大得出奇，有數不清的房間，還有許多披著盔甲的武士和美麗的女奴。越女穿過似乎永遠也走不完的宮殿，來到一座清澈見底的小池塘邊，許多錦鯉魚正快活地遊著。一個老人坐在河邊上釣魚，老人穿一件黑色的長袍，腰間佩著塊美玉。他的姿勢氣定神閑，就像從崑崙山上下凡的神仙一樣。老人釣起了一條魚，然後卻把魚又扔回了水裏。

「老爺爺，為什麼把魚又扔回去了？」

老人抬起頭，看見了越女，怔了一怔：「你是新來的？叫什麼名字？」

「越女。」她心裏有些忐忑不安，「老爺爺，你是誰啊？」

他就是周公。

孔子說，周公是除了周文王外世界上最偉大的人。

周公的名字叫姬旦，他的父親就是周文王姬昌。他的哥哥叫姬發，也就是推翻商紂的周武王，而難得的是姬旦與姬發是同一個娘生的。周武王死時，繼位的周成王姬誦還太小，於是，周公便責無旁貸地攝政天下。

之後偉大的周公又完成了三件大事，第一件便是大名鼎鼎的周公東征，平定了武庚領導的殷商遺民的大規模叛亂。第二件是營建東都，遷商的遺民於此便於監視，奠定周朝八百年的基業。第三件是分封制，與歐洲中世紀有異曲同工之妙，他自己封於魯國，卻終身不就國，盡心輔佐成王，成就了成康盛世的偉業。於是五百年後有一個魯國的老人，坐在牛車上進行漫長的旅行，向他的學生們講述著偉大的周公一生的豐功偉績。

這是一座石砌的城堡，數千塊巨大的石條精確地堆積在一起，高大堅固，像一隻伏擊獵物的猛虎靜臥在關中平原。在城牆下，胡丁見到了幾百個與他一樣烙著奴隸印記的人。

一百步開外，放著三張犀牛皮甲。軍官讓胡丁與另一個奴隸比試箭法，胡丁的對手來自以善射而著稱的東夷人。東夷人把那張大弓拉成了個標準的滿月，那形像就如甲骨文中「夷」字的寫法，一個背著弓的人。然後，羽翎箭離弦而去，穿透了三層厚厚的犀甲。

當對手的身影從他身邊掠過時，他覺得所有的人，甚至每一塊石頭都在凝視著他。在沈重的呼吸中，他接過那張大弓，撥動了緊繃的弦，這聲音讓他想起了什麼。然後他猛地甩了亂草般的頭髮，看了一眼目標，接著彎弓，搭箭，拉弦，放箭。箭離弦時激起的風掠過他鬢角，他已經很久沒有這種感覺了。現在整個城堡中鴉雀無聲，胡丁的這支箭正中對手先前射中犀甲的箭的箭尾，並把它推出了犀甲，而胡丁的箭正在原來對手的箭的位置上。

當天晚上，胡丁第一次獨自睡在一間房間裏，從石頭開出來的小窗口可以看見城堡外的千里沃野與滿天星斗。

胡丁的故鄉在北方的草原。他總是騎一匹紅鬃的烈馬，背一張巨大的弓，箭袋裏插二十支狼牙箭彎弓射大雕。那時他是自由的，但他並不知道什麼是自由，直到他成為奴隸。

戰爭總是出人意料的，其實胡丁並不是犬戎的騎兵，他只是充滿了對南方的好奇，獨自從河套平原沿黃河南下。正當他第一次接近渭河平原的地塹時，三百名周軍包圍了他，把他當作是掉了隊的犬戎騎兵，他在射完了全部的箭後，被俘虜了，成為了一名奴隸。

五年過去了，他無數次在夢中會到自由的世界，今夜也不例外，但這回的夢裏多了一副盔甲，和一面火紅的軍旗。

那天晚上的星空是燦爛的，也是神秘的。從最高的樓閣上可以遙望到遠方靈臺上的風幡。

夜觀天象的人們正在那兒忠實地記錄著星空中發生的一切。

越女在樓閣最高一層的一張竹席上跪坐著，她正襟危坐的姿勢表明她已明白，坐在她面前的老人正是她的主人。是的，她是作為偉大的周公的第七十二位姬妾而被選到這裏的。

她不敢說一句話，因為偉大的周禮規定，作為最小的姬妾，沒有夫君同意絕不能擅自說話，違禮是一種比殺人更大的罪過。她正為白天的無禮而暗暗擔心，她悄悄看了一眼，發現周公也在看她，就像欣賞一件南方進貢的藝術品。在星光的籠罩下，在這仙鏡似的瓊樓玉宇中，越女沐浴後的長髮被晚風拂起，撩動了周公的某些回憶。

周公緊盯著她，然後他把腰間的玉珮解了下來，交到越女的手中。這是許多人一輩子夢想卻得不到的榮譽。

周公輕輕地說：「永遠都像現在這樣吧，就如同這塊玉石一樣，永遠都完美無暇，不要怕，沒有人會破壞你的純潔的，你將比天地更長久。」

越女聽不懂這些話的意思，只是誠惶誠恐地磕了個頭。

周公伸出了手，想要撫摸越女的臉，但他又把伸出的手收了回來。他太老了，他早就意識到了這一點，他無奈地歎息了一聲，然後離開了這裏，只留下越女一個人，獨自捧著玉珮仰望神秘的星空。

許多年以後的又一個夜晚，有一個來自魯國的老人也面對著完全相同的一片神秘的星空。

這個我們都認識的老人仰望著星空，對弟子們說：「在所有的星辰中，最光輝的一顆，是周公。」

西周的太陽照射在胡丁的臉上。他和十七名奴隸騎著馬列成一排在城堡外的原野上，那時的中原，馬車是軍隊的主力，由於馬鞍直到很久以後才發明，所以騎馬在當時是一項極難的技術。

胡丁覺得太陽是那麼光芒四射，天是那麼藍，他明白，根據偉大而仁慈的周公的命令，每一年都會從王家的奴隸中，選出一批最勇敢忠誠，能騎善射的勇士，還給他們自由人的身份，編入周公的禁衛軍，保衛這位偉人。胡丁覺得這是神送給他的禮物——自由。

「叮！」一支響箭射上天空，賽馬開始了。

雖然跨下的這匹馬實在比不得當年的紅鬃烈馬，但這沒關係，他天生就是馬背上出生，馬背上吃奶，馬背上長大。他感到四周一切都在疾速後退，包括飛馳的騎士們。他遙遙領先，前頭一馬平川，只要繼續騎下去，他會甩開所有人，跑出關中，一直跑回大草原去。但他停了下來，因為他的眼前忽然間彷彿出現了一個人，那人的眼中炯炯有神，長須隨風擺動，黑色的長袍上佩著柄長劍。這是一個古往今來最偉大的人物，他賜給了胡丁自由的機會。胡丁改變了主意，他不願就這樣可恥地逃跑，為了偉大的周公，他要留下來。於是他再度超過了所有人，飛速返回了城堡，這時他發現正有一隊士兵準備出發追捕逃跑的人。

又過了一個月，胡丁至少摔倒了十八個彪形大漢，與七隻猛虎十隻豹子搏擊。他在等待自由的一刻，至少他能從失敗者們的目光中看出來。軍官告訴他們，明天要進行最後一場比試，胡丁很明白這是什麼意思。

不知怎麼，當他獨自一人在石室中，就總是想起與他同在一個莊園的最漂亮的那個采桑女來。她好像叫越女吧，是從南方來的，可是她竟然被他們帶走了，不知到了什麼鬼地方，那些可惡的王公貴族們，與偉大的周公相比，簡直是群畜牲。胡丁在心中暗暗立下了誓言，如果能獲得自由，一定要找到越女，把她從苦難中救出來。他興奮地一夜沒睡。

越女來到這裏已經有一個月了，除了第一天見過周公一面以外，此後就連周公的影子都沒見過。她一個人在房中，房外不斷有人來回走動，好像有什麼重要的事。

越女端詳著周公送給她的玉珮，美極了，就如越女自己。玉珮上刻著一種奇妙的花紋，彷彿是有生命的物質，在燈光下反射出瑰麗神秘的光芒。是怎樣的手才能雕刻出如此美的東西，其實這是南方的酋長的作為貢品進貢給周公的奴隸刻的。而越女，也是貢品。

過去越女住在越絕山下，水田後的大山中是鬼怪出沒的林子。那些被屈子寫進詩裏的山鬼其實都是非常可愛的。她們身段窈窕，披著石蘭葉子做成的羅裙，在山澗中哼著山神的歌謠。她們只要折下一隻花扔在地上，立刻就會有小伙子從村子裏遁著馨香來到山中，從此就再也沒回去過。越女也曾想做一個漂亮的山鬼，但現在不同了，她要為偉大的周公服務。周公的偉大仁慈會讓越女為他做任何事都是幸福的。

突然門被推開了，一個家臣匆匆走進來，他看了越女很久，才坐下來說話。

在那一片星空下，身材高大的孔子對他的弟子們說：「周公一生都在追求人才，發現各種人才，並重用他們，你們誰知道他對他兒子伯禽所過的一句話？」

「然一沐三握髮，一飯三吐哺，猶恐失天下之士。」一個新弟子回答。

「你叫什麼名字？」

「顏回。」

巨鼎。

這個比現存的司母戊大方鼎更大的巨鼎是如此美麗而莊嚴。從鑄範中灌燒出來的精美花紋充滿了一種神聖的美。這上千斤重的龐然大物含銅百分之八十四，含錫百分之十二，含鉛百分之四。這種絕妙的配方和技藝是當時世界上最偉大的藝術品，青銅時代，這是以它的名字來命名的。

三千名篩選出來的奴隸和更多的士兵圍繞著巨鼎。在鼎的三足下放著一大堆柴薪，一個軍官將其點燃，火焰熊熊燃燒。而鼎內則盛滿了水，一會兒，鼎內的水便沸騰了起來。

那種景象只有商周時代才能見到，在曠野中，在一座堅不可摧的石頭城堡前，千萬奴隸和士兵圍繞著一堆瘋狂燃燒的柴薪和一隻巨大的青銅鼎。沒有親眼見到是無法理解「鼎沸」這個詞的含義的，所以我無法理解，但胡丁能理解。

最後的這一項比賽很簡單，誰能在鼎內游上一圈還能活著回來就算成為優勝者。

這是自殺，但對於奴隸們來說，這並不重要。四個時辰以後，鼎邊燒焦的屍體已堆積如山，散發出一股濃烈的味道，飄出很遠還能令人作嘔。但是，還是有三百名幸運兒活著從鼎裏出來了。

當胡丁帶著滿身皮開肉綻的燙傷從鼎裏爬出來時，他筋疲力盡地從喉管裏擠出了幾個字：「感謝偉大的周公。」

三百個赤身裸體，傷痕累累的人互相支撐著排成了一個方陣，齊聲讚頌著偉大的周公。

一個軍官高聲向他們宣佈——

「偉大的周公在昨天晚上不幸因積勞成疾與世長辭，根據周公早已立下的遺囑，本次競賽的所有勝利者將要為偉大的周公殉葬。」

沈默。

軍官掃視了他們一遍：「感謝偉大的周公賜與你們殉葬的榮譽。」

周公的葬禮是那個時代空前的。

胡丁的臏骨和鎖骨各被釘進了青銅釘子，然後被五花大綁起來。其他的三百人也一樣，他們被扔進了一個大坑，胡丁是最後一個被扔下去的，所以他被疊在了最上面，得以見到了那具碩大無比鮮豔奪目的棺槨，偉大的周公就在裏面長眠。

接著，胡丁又見到成百上千的豬、牛、羊、馬被推入另一個大坑活埋。然後是一百具高貴的馬車，再是一百八十個漂亮的木箱子，自然胡丁猜不出箱子裏裝了多少來自天南海北的奇珍異寶。

胡丁儘管無法動彈，他還是儘量抬起脖子，他看到土坑邊還站了一大群人，為首一個看來就是當今天子了。嚎啕大哭的天子後面是各國的諸侯，還有文武大臣們，最後是無數的士兵和平民。胡丁還是頭一會見到天子和那麼多貴族，他想向天子打招呼，大叫了起來，其實大坑裏每一個人都在大叫，所以他的聲音立即就被吞沒了。胡丁只見到天子在放聲大哭中念了一篇長長的祭文，雖不明白什麼意思，但也感到那祭文一定是驚天地泣鬼神，萬世流芳。

祭文念完，天子擦眼淚擦了好久。然後大坑邊堆起了許多柴薪，難道又要弄個大鼎來燒水？但胡丁想錯了，他見到了一個女子。

那是誰啊？那身富麗堂皇的衣裙和頭上的鳳釵及雲鬢，就像個王后，不，比王后還漂亮。

她的腰際還佩著一塊美麗絕倫的玉珮。那女子身段窈窕，昂著胸，一步步走到那堆柴薪中間。

胡丁從沒見過這麼美的女人，氣質高貴神聖，凜然不可侵犯，如同從崑崙山上走下來的西王母身邊的女神。這絕不是人間可有的，難道是女神也被周公的偉大功德所傾倒，下凡來為他送葬來了？

突然，一把火扔到了柴薪上，烈火猛地騰空而起。頃刻間火焰包圍了她，那鑲著日月星辰，山川河流與無數寶石的宮袍立即被火舌捲起化做飛煙升上天去。而她的神情卻彷彿什麼也沒發生一樣，她平靜，沈著，在烈焰中，嘴角始終保持一絲微笑，這使她的雙頰在瞬間更加紅豔動人。

突然，胡定看出來了，他對火中的女子大叫起來。她不是什麼女神，她就是那個采桑女，被擄走的女奴隸，那個叫做越女讓胡丁睡不著覺的女人。胡丁想站起來，他多想手中能多一張弓和一支箭，哪怕立刻射死她，讓她免受火烤之苦也好。可青銅釘子在他的鎖骨與臏骨中牢牢釘住了他，他只能大聲地吼叫，用盡全力扯動吼嚨，忽然他什麼也叫不出了，他的聲帶被自己叫破了。

此刻的越女已不再是過去的她了。她神聖地在烈火中佇立，當火焰剛剛爬滿她全身，即將吞噬她光亮的皮膚。在這個瞬間，她是最美的，紅通通的身體毫無遮掩，撩人心魄，就像是涅槃中的鳳凰。但這僅僅只是一個即逝的瞬間，接著她的滿頭青絲都化作了一蓬火炬，這景像只能在地獄或天國中才能看到。隨即，整個的人都被火焰吞沒了，消失在紅色與黑色中，一股濃煙如靈魂出竅一般衝天而去。這種感覺是無法用語言來形容的，姑且稱之為美吧，一種死亡的美。

胡丁什麼聲音也發不出，他佈滿血絲的眼睛和放大了的瞳孔中裝滿了眼前的烈火和火中的人。在他的瞳孔中，火中依然是那個采桑的越女，她的臉完美而生動，她在唱著《七月》。

突然一大片泥土撒到了他的眼睛裏，瞳孔裏的越女也隨之而消失了。他想撥開泥土，但動不了，接著又是一大塊泥土撒在臉上，塞住了他的嘴和鼻孔。他什麼也看不見了，什麼也聽不見了，連空氣也與他隔絕了。

終於，當整個世界都與他隔絕時，胡丁永遠地墜入黑暗中了。在黑暗中，他見到了越女。

「老師，天已經亮了。」

「是啊，我們還得繼續走。」孔子又從沈思中走了出來。

「老師，周公的故事講完了嗎？」子路問道。

「是的，周公的葬禮是他生前親自安排的，和他的一生一樣，是完全合乎於偉大的禮的。總之，周公是個偉人。」

說完，孔子感到餓了。於是牛車繼續前進，在艱難的大道上壓出兩道又深又長的車轍。

食草狼

狼

我很孤獨。

人類極端地仇恨我，但我並不仇恨人類。我所做的只是自然法則規定我必須要做的罷了。

我吃羊，難道人類就不吃羊嗎？羊養得多了，會把草原上的草吃光，然後牧羊人再把羊帶到另一片草原，總有一天，我深深熱愛的這片美麗草原就會被人類和他們養的羊毀掉。所以，我是草原的保護神，保護了草原，就是保護了草原上的人類，人類對我的仇恨是荒謬的。

不可否認，我是嗜血的，我無情地咬住羊或是人的脖子，咬斷他們的咽喉，從這裏吸乾他們的血。然後再一口一口地撕扯他們的肉，用舌頭舔淨他們的骨頭。可並不能因此而判定我有罪，因為每個生命都有權利生存，我只有這樣才能艱難地生存下去，就像羊必須吃草，牧羊人必須吃羊才能生存一樣。但我並不因此而快樂，還是那句話，因為我孤獨。

牧羊女

我第一次來到這片草原，我和我的二十隻羊羔都被草原的美麗所打動，我支起了帳篷，決定在此地放牧。奇怪的是雖然這裏水草豐美，但附近的牧羊人卻少得屈指可數。

現在我看到一個獵人騎著馬來了，他背著巨大的弓，插著箭。他有一張年輕英俊的臉，他向我微笑著。他告訴我，這一帶常有一隻兇殘的狼活動，要我多加小心。他的舉止得體，聲音富有磁性，尤其是他善意的微笑，讓我有了一種安全感。

入夜，我很快沈入了夢鄉。不知過了多久，我突然被什麼聲音驚醒，那聲音又遠又長，恐怖駭人，讓我全身血液都凝固了起來。是狼嚎，果真有狼。我的羊，我必須要保護我的羊羔們。我帶上了一把長長的刀，悄悄地走出了帳篷。月光特別地明亮，我的羊羔們恐懼地在羊圈中顫抖。我看到對面的小丘上，站著一隻狼。距離太遠，我只能看到牠又瘦又長的身體和雙眼所放射出的綠色的幽光。牠一動不動，直勾勾地盯著我好久，這反而激起了我的勇氣。

這頭兇殘的畜牲一定在做著準備，牠隨時都可能撲上來，以旋風般的速度衝到我的面前。但我不會怕牠，來吧畜牲，來吧。我高高地舉起了我的刀。牠又嚎叫了一次，這一次聲音更加恐怖而悲慘，牠要衝上來了，我全身都在發抖，我的羊羔一片哀嚎。但牠卻轉過了身體，飛快地走了。也許牠害怕了，這隻膽小的狼。我長長地吁了一口氣，倒在了帳篷裏。

我見到了一個新來的牧羊女，我從來沒見過像她這樣美麗的人，我第一眼見到她就被她打動了。但我很擔心她的安全，那頭兇殘的狼已經吃了一百頭羊，十個牧羊人和三個像我這樣的獵人。我曾發誓一定要殺了牠，把牠的狼心挖出來，和狼肉一起煮熟了吃掉，讓牠也嘗嘗被吃掉是什麼滋味。這也是我為什麼要留在這裏的原因，我不顧一切地追逐牠，風餐露宿，冒著大風大雪，九死一生，有幾次我已經碰到了牠，可惜還是讓牠跑了。牠既狡猾又冷酷，實在難以對付。其實我也很害怕，也許牠會等我睡著的時候悄悄地咬斷我的喉管。

狼

我不能攻擊新來的牧羊女，儘管這很痛苦。這是有原因的，自從發現她以來，這個原因就深深地糾纏在我心底，讓我痛苦萬分，但我不能把這個原因說出口，我不能。

我同時也發現了那年輕的獵人，他已經追逐我很久了。他害得我四處飄零，每次出擊總是提心吊膽，生怕他的馬蹄聲從我身後響起。現在我偷偷地觀察著他，他採了一束花，獻給了牧羊女，牧羊女很高興，她笑的樣子很美。我想，他們真是天生的一對啊。

我很孤獨。

牧羊女

一個月過去了，我和我的羊沒有遭遇過狼的攻擊，也許是牠害怕了。有時我放羊放得遠了就會發現狼的腳印和狼糞，這證明牠仍在附近活動，所以我還是要提高警惕。但好在年輕的獵人常來看我，他送給我一張弓和十支箭，還教了我許多對付狼的辦法。他對我很好，有時我真想讓他在我的帳篷邊紮下帳子，不要再四處飄泊了，但是他卻說一定要殺死那條狼，這樣我才能得到真正的安全於幸福。

今晚，我夢見了他。

狼

天哪，我已經好久沒吃過東西了。我餓腸漉漉，全身乏力，行動緩慢，眼冒金星，我恐怕活不過今晚了。這一帶方圓幾百里內的牧民都被我嚇走了，只剩下那新來的牧羊女和年輕的獵人。我說過，我絕不會去攻擊她和她的羊的，我更不敢送到獵人的面前去送死。有好幾次我離牧羊女的羊很近了，我完全可以輕而易舉地抓住牠們，甚至她，像以往那樣，撕裂牠們的喉嚨。但是我忍住了，我強忍著饑餓離開了羊羔們，我明白這是違反了我的本性的，但我必須要忍耐。

這真是一件痛苦的事，因為吃不到羊和人，附近的野兔，黃羊，甚至小小的土撥鼠都已經給我饑不擇食地吃光了。我這個天生的食肉動物，草原食物鏈的最上層者面臨著無肉可食，無血可吸的窘境。與我相比，羊真是幸運啊，用不著竭盡全力地追逐食物，把頭一低，滿地都能吃。如果我也能吃草的話，恐怕還能苟且偷生的活下去。於是我決定吃草，做一件違反自然法則的事。我低下了頭，可我的鋒利的牙齒只適合咬斷別人的脖子，而不適合啃咬和咀嚼，我只能囫圇吞棗地一口咽下。雖然，青草帶著草原的芳香，可是我的食道與腸胃早已習慣了消化葷腥的血和肉，草在我的胃裏，接觸到我的胃液反而膨脹了開來，難受得我滿地打滾，我哇的一口就吐了出來。

我該去死了。但我想到了很多，最後，我仍然下定了決心要吃草，為了生存，必須忍受這樣的痛苦。不管你們相不相信，一定會有許多動物學家嘲笑我，說我吹牛不打草稿。但事實是，我終於吃草了，儘管這滋味令我作嘔，我吐了無數遍，又硬著頭皮吃了無數遍，我的腸胃開始消化了，我第一次排出了帶有草原芳香的狼糞。

我就這樣苟延殘喘地活著，雖然我靠著不可思議的吃草方式維持著生命，但畢竟我是一頭嗜血的狼，我的身體越來越虛弱，也許我活不了多久了。

我不得不承認，我愛上了牧羊女，她的美從第一天起就抓住了我的心。而她似乎也對我頗有好感，她讓我今天晚上到她那兒去，這真讓我渾身血液沸騰。

現在我看見她在帳篷外等候著我，在羊圈邊點著一堆火。月色下的她顯得更加迷人，她向我微笑著，她要我帶她到草原的深處去。我明白了她的意思，我很緊張，竟提出了羊羔怎麼辦的這樣的蠢話，其實點著一堆火，狼是不太敢來的。她跨上了我的馬背，高聳的胸脯緊貼著我的後背，讓我的臉上一陣發燙。我心跳地厲害，雙腿夾緊了馬肚子，我的馬似乎也理解了我們的心思，牠四蹄飛奔，把我們帶向了草原的深處。

草浪捲過馬蹄，風捲起了她的頭髮。然後，我們在荒無人煙的大草原深處盡情地快樂。

不知過了多久，當我和她都沈入了夢鄉以後，一聲淒慘悲涼的長嘯把我們驚醒了。又是那可惡的狼嚎，狼站在山崗上，放出可怕的綠光。牠向我們衝過來了，我的弓箭呢？我手忙腳亂地尋找我的弓，而牧羊女在我身邊不停地發抖。來不及了，牠衝到我跟前了，我太大意了，我們完了。牠突然在我面前停了下來，我和牠對視著，我們都曾要竭盡全力地殺死對方，現在牠贏了。牠一定一直在跟蹤著我等候著時機，牠太狡猾了，我認輸，我絕望地看著牠。

牠好像比過去瘦弱了許多，在我們的身邊轉了一圈，最後出乎意料，牠掉頭就走了，迅速地消失在夜色中。

我看見牠流眼淚了，牧羊女輕輕地說。

不可能，你一定受刺激了，我還從來沒聽說過狼會哭。牠也許已經吃過晚餐了。

狼

我見到了一隻我的同類。牠健壯而年輕，牠的身上殘留著血的味道，就向當初我剛來到這裏一樣。牠對我的落魄感到吃驚。牠說牠要在這片草原建立牠的王國，為了表示對我這個前輩的尊敬，牠允許我撿食牠的剩肉。我告訴牠這裏沒有食物，牠則報以我輕蔑的笑，然後牠繼續前進。優勝劣汰是亙古不變的規則，我認命，但我依舊感到一種不祥之兆。

牠果然到了牧羊女的帳篷前，牠悄無聲息地繞了一圈，甚至連羊羔們都沒有驚動。牠就想我過去那樣，身手敏捷，乾淨利落，兇猛地向羊羔們撲了過去。它一隻一隻地咬開了羊的喉嚨，並不是拖走了慢慢吃，而是吸乾牠們的血，這種獵食的方法我早已不用了，因為這過於殘害生命，根本就是一種浪費。等牠無聲無息地吸乾了二十隻羊羔的血，竟似乎還不滿足，把頭探向了帳篷之中。

我該怎麼辦？

獵人

天哪，羊羔全死了。牧羊女，牧羊女。我衝進了帳篷，帳篷內一片狼籍，牧羊女躺在地上，此外還躺著兩條狼。居然是兩條，沒想到這畜牲還請了幫手，一定是分贓不均自相殘殺的。牧羊女，她還活著，奇怪的是，她全身沒有任何傷口，恐怕是嚇昏的，我掐了她的人中，她緩緩地醒來了。那條我從沒見過的較壯的狼已經死了，脖子幾乎被咬斷了。而原來的那條我所熟悉的狼還有一口氣，奄奄一息，渾身是血，四條腿斷了三條，眼睛瞎了一隻，還有一隻正直勾勾地盯著我看，牠的背脊，腰腹，等多處都受了重傷，皮毛撕爛了，白森森的肋骨歷歷可數，而胸口有個大洞，一大灘血噴泉似的湧出，這是致命傷。我現在必須要殺了牠實踐我的誓言，我看著牠僅存的一隻眼睛，渴望似地盯著我，彷彿有什麼要說出口，但牠必須要死，我拔出了匕首。

狼

我快死了，沒想到我這食草度日，虛弱不堪的東西拼盡了全力居然能殺了那身強力壯野心勃勃的傢伙，這其中一定有一種神奇的力量在幫助我。現在，我的心跳越來越慢，我該平靜地死去了。牧羊女看來快醒過來了，年輕的獵人也來了，他充滿仇恨地看著我，他拔出了白晃晃的匕首。年輕的朋友，雖然我們曾經是死對頭，但我現在一點都不恨你，我只希望你的匕首別插進我的心臟，請保持我的心臟。好的，現在請你動手吧。

謝謝，匕首送入了我的咽喉，我最後的一點血向外噴出，我的靈魂隨血而高高升起。

尾聲

現在尾聲由我來說。

獵人把牧羊女救醒，他們決定永遠在一起。而獵人為了實踐他的誓言，把原先的那頭狼扒了皮，抽了筋，骨頭砸碎，肉與內臟都投入了油鍋裏煮熟了吃。令他驚訝萬分的是狼的胃裏裝滿的居然全是草，和羊的胃一樣。但更奇怪的是狼的心臟卻始終沒有煮熟，最後那顆完整的狼心被放在牧羊女的面前。狼的心突然用人類的語言對牧羊女說——

我愛你。

戀貓記

我是看了電線杆上的廣告後，來找我要租的房子的。我走過一座橋，邊走邊看橋下一排排老式的瓦房。這些多是二三層的房子很久遠了，幾乎每個屋頂都開著本地人稱為「老虎窗」的小閣樓。也許不久牠們就會與我的舊居一樣被夷為平地。

現在我看見了一隻貓，一隻渾身雪白的貓，除了尾巴尖上有幾點火一樣跳動的紅色。牠正行走在那片屋頂上，不斷地張望，陽光灑遍牠漂亮閃光的皮毛。它行走的姿勢相當優雅，每條腿落地時都是那麼輕柔和小心。牠很沈著，彷彿是在刻意向我表演一種氣質。

我的目光始終沒有離開這隻貓，我停下了，趴在橋欄上仔細打量牠，就像欣賞一件藝術品。同時，我心底的一扇門被牠打開了，在那裏還有一隻貓。

是的，我心底的那隻貓正在我舊居的地板上行走。牠同樣是一身白色的皮毛，尾尖上火一樣的紅色斑點。忽然又伏在一個小男孩的懷裏，這個男孩就是我。但現在已不是了。我心底的那隻貓在一天的清晨，死去了，那一年，我十一歲。

屋頂上那隻貓突然消失了，陽光下，只有數不清的瓦片和瓦楞上隨風擺動的青草。我的心頭突然被一種莫名的酸澀佔據了。然後我找到了橋下的瓦房中那間待租的房子，第二天，我住了進來。

這是個二樓的小房間，十幾個平米，外加一個小閣樓，對於我來說也夠了。這裏散發著一種我熟悉的味道，從每一條樓板的縫隙間湧出來，把我心底的某些記憶又喚醒了。我決定睡在小閣樓裏。

小閣樓小得可憐，只有老虎窗外的月光灑了進來，我站在床上，趴著窗口向外望去，伸手可及的是一層層瓦片。忽然我好像看見了什麼，在月光與路燈的光影中，一團白色的東西從十幾米外的瓦片上一掠而過，在黑夜的背景下很顯眼，但那東西閃得很快，像個精靈。

我睡下了，但一直睡不著，我記起了童年的那隻貓，牠美得出奇，並且與我非常親近，後來被我父親處死了。我為那隻貓的死憂鬱了整個童年時代，但後來漸漸淡忘了，我不知道為什麼現在又記起來了。這時，我突然覺得有一雙眼睛在看著我。通過神秘的直覺，我能感到，儘管我正閉著眼睛。

必須看一看，我必須。

我張開了眼，月光透過窗玻璃傾瀉在我的瞳孔中。在窗外，緊貼著玻璃，一隻白色的貓正睜大著眼睛看著我。

我明白自己不是在做夢，感覺把我帶到了昨天見到的那隻屋頂上的白貓，就是這一隻，我敢肯定。

雖然隔著一段距離，我看不清牠的全部細節，但我能想像出牠放大了的瞳孔，在黑暗中閃著幽幽的光，就像只黃棕色的核桃。我站了起來，把臉貼在窗玻璃上，牠居然沒動，依然凝視著我，好像是在認人。我現在看清牠了，隔著玻璃，也許我和牠的眼睛只有十釐米的距離。牠的眼睛不僅像是兩隻漂亮的黃棕色核桃，不，更像是寶石，怪不得要以貓眼來為一種價值連城的寶石命名了，原來貓眼的美是那樣令人神往，尤其是在今天這樣的夜晚。

我要打開窗，我有一種衝動，撫摸牠光滑皮毛的衝動。我打開了窗，正當我的手要觸到牠的頭顱時，牠猛地眨了眨眼睛，兩道凜厲的目光直刺向我，然後迅速扭轉身軀，一瞬間已在瓦片中消失地無影無蹤了。月光灑在我臉上，一陣河風襲來，我又縮了回去。我實在難以捉摸牠，帶著許多疑惑，我終於睡著了。

天還沒亮的時候，我突然被什麼聲音驚醒了，那是臉盆被踹翻的刺耳聲音。難道有賊？我立刻穿著短褲汗衫走下閣樓，打開了門。

門外一片漆黑，在狹窄的樓梯口果然有一個人影，我聽到一個女人的聲音：「誰？」

我開了我房裏的燈，燈光照亮了昏暗的走道。她的年齡與我相仿，手裏拿著鑰匙，正在開門的樣子。

我反問了一句：「你是誰？」

她看了看，笑了起來，我這才意識到我只穿著短褲。接著她說：「你是新搬來的房客吧？我就住在你隔壁，也不知是誰在這放了一個破臉盆，對不起，打擾你睡覺了。」

此刻，我睡意全消，索性出門到河邊上轉了一圈。在清晨無人的河邊，我想起了「南泉斬貓」的故事。唐朝池州南泉山上有位叫普願禪師的高僧，世人稱他為南泉和尚。一天，寺廟裏的和尚抓住了一隻美麗的白貓，誰都想擁有牠，引起了爭執。於是，南泉和尚把鐮刀架在貓的脖子上說：「產生得道，牠即得救。不得道，即把牠斬掉。」

無人回答，於是南泉和尚一刀下去，把貓斬了。後來他的徒弟趙州知道後，立即脫下自己的草鞋，把鞋頂在頭上走了出去。南泉和尚當即感歎說：「今天若是你在場，貓兒就得救了。」

據說對僧人來說，這是一個自古以來即難以理解的參禪課題，往往會有許多種不同解釋。我不知道為何要想起這個故事，它所象徵的東西實在太難解了，也許就是個無解題。

我胡亂轉了一天，黃昏時分回來時，隔壁的女鄰居正在出門。奇怪，她怎麼晚上出門。

與昨天不同，我很快就睡著了。還是在小閣樓裏，居然連夢都沒做一個。直到一種熱呼呼的感覺使我緩緩醒來。

那是什麼？窗外依舊明月高懸。我感到溫度不對，半邊身子像燒起來了，嚇了一跳。有種氣流湧到我臉上，並有另一種呼吸聲，當然我能分辨出哪些是我的，而哪些不是。我確定是有個什麼東西正在我身邊。我輕輕翻了身，身邊毛茸茸的，我伸手輕輕觸摸到了牠光潔柔軟的皮毛。還是那隻貓，門窗都關得死死的，真不知道牠是怎麼進來的。

我借助窗外射進來的月光和路燈光盯著牠。牠躺著，閉著眼睛彷彿睡著了的樣子。牠睡覺的樣子很美，尤其是牠那張臉，就像從某幅古代畫卷中美女的臉濃縮變形而來的。還有牠那斜臥的身軀，為了想出合適的詞來形容，我足足思考了十分鐘，有了，這活脫脫就是貴妃醉酒後披了一層白色貂裘的形象。

我又要動手了，儘管我很怕牠會從我身邊逃走，但我無法自控。我把手按在牠背上，彷彿已感覺到了牠的骨頭，貓骨頭是很輕的，又圓又滑，盡在我手掌之中。我另一隻手則抱住了牠的腰，我能感覺到我的手指正穿過牠的胯骨，緊緊摟住了牠苗條的腰身。

這時，牠睜開了眼睛。出乎意料，牠沒有任何驚慌失措的表現，目光有力地注視著我。牠幾乎一動不動，鼻子裏噴出的熱氣與我的呼吸混雜在了一起。她真熱，我有些出汗了，但我反而把牠抓得更緊，擁入懷中。

牠沒有反抗，溫順地躺在我懷裏，並順勢用兩隻前腳搭住了我肩頭。我知道牠現在把利爪縮進腳掌裏去了，否則會傷人的，我只感到牠腳掌心的幾塊軟軟的肉墊。牠仍然盯著我，但目光柔和了許多。我敢發誓，牠一定認識我，從牠那黃棕色的眼睛，奇異的充滿魅力的眼神，對我那麼溫順而親切。

我已確定這並不是做夢。牠是美的，牠小小的身體內彷彿注入了生物界一切的美，包括人類。我大膽地撫摸起牠的全身，從牠兩隻薄薄的耳朵到透過長毛纖細可人的脖子，從兩排輕靈的貓肋到牠變化多端最不順從的尾巴。我就像撫一把古桐琴一樣，撫遍了牠身體的三匝，就差在牠嘴唇上輕輕一吻了。

我忽然發現自己是在一幅古典風格的畫卷中了，就像《聊齋誌異》裏的插圖。我能想像這裏並不是狹小的閣樓，而是牠（她）的閨閣。大膽地闖進來的人是我，與牠（她）一同躺在這床上，月光灑進來照著我們。牠（她）全身沒有一絲衣服（這是事實），被我摟在懷裏，順從地被撫摸被擁抱，沒有一絲保留地向我敞開。

並且含情默默地（這是想像）看著我，儘管沒有一句枕邊細語。

我相信我與牠（她）是青梅竹馬的，在我們的童年，就曾這樣親密過了，儘管童年的牠（她）早已死去了。但我忽然相信貓這樣的動物是會死而復生的，而現在，我們都已經長大了。

漸漸，我睡著了，直到天明我醒來後，才發覺牠（她）已經離去了，但我的身上仍殘留著牠（她）的體溫和味道。請原諒我用了「牠（她）」這樣的稱呼，這也許不合適。但我真的有這樣一種感覺，尤其是在擁牠（她）入懷時。

吃過早飯，隔壁那女子請我到她家坐坐。她的房間也不大，但布置地很乾淨。我突然問她：「你知不知道，這一帶有隻白貓，不知是誰家的。」

「沒錯，那是我養的。」

敢。

「原來是你的，那牠在哪兒？」我差點就把昨晚的事說了出來，但是我不敢。

「牠出去了，我養貓，不喜歡把牠關在家裏，就是要讓牠在外面自由自在的，也許，昨晚上出去找朋友了吧。」

「你說貓也會找朋友？」我突然有些緊張。

「春天到了嘛。」她說的時候，神色和語氣都有些怪，「你那樣關心牠，難道昨晚牠在你那兒？」

我沈默了半晌不敢說話，侷促不安地站了起來。她忙說：「你別走啊，我不問了。其實，你是一個有吸引力的人，別誤解，我是說對我的那隻貓而言。」

我盯著她，她的皮膚很白，就像是那隻貓身上雪白的皮毛。我甚至覺得她的臉也有些像貓，當然這並不是一種惡意的比喻，這說明她也很美。我還想說些什麼，但又縮了回去，迅速離開了這裏。

晚上我開著燈，貓又來了，又一次撲在我身邊。我承認我不可抗拒牠（她）

的魅力，我被牠（她）征服了。像古人描述的那樣，牠（她）輕扭小蠻腰，也許這是一種誘惑，一種刻意的挑逗，在這方面牠（她）有很高的技巧。我深深地陷入了此中的樂趣，此後一連好幾夜都是如此。

這些天，不知什麼原因，我牙疼了，口腔左面上排最裏一顆，雖然很輕微，但這小小的痛楚卻有綿綿不絕的味道，每時每刻都會突然來騷擾我。

但令我更憂心忡忡的是，「南泉斬貓」的情節在反覆糾纏著我。貓是極富誘惑力的東西，也正因為如此，貓也會成為人類煩惱與痛苦的根源，這與貓帶給人類的美是同時到來的，就像一對孿生兄弟。所以南泉和尚是從斬斷痛苦的角度出發的，他必須斬貓，其實也是一種對佛法的履行。但趙州又為何要頭頂草鞋呢？

我實在難以回答，也許這個問題千百年來就沒有人真正解答過。

我真的陷於痛苦中了，說不清，只感覺一種潮濕的味道從心底升起。當與牠（她）在一起，我總有一種幻覺，把牠（她）想像成一個人。雖然我明知這不是，可我陷進去了，彷彿晚上在我枕邊的真是一個從展子虔或是吳道子的古代畫卷中走出來的仕女。這種幻想是危險的，如果連人與畜牲都分不清，我豈不是要被劃入衣冠禽獸之列了。於是每當我睡著以後，都會夢到一把鐮刀，血淋淋的鐮刀，這把刀剛剛斬下了一隻美麗的白貓的頭顱。然後一個和尚對我雙手合十，我接著就被驚醒了。

第二天一早我就去找我的女鄰居，我還從沒見到過她和她的貓在一起過。我希望她能看住她的貓，不要讓牠到處亂跑。

「把貓囚禁起來是件很殘酷的事，你要知道，誰能得到牠的青睞是一種幸運，牠可是個傾城傾國的人間尤物。」她說這話的神情與晚上那隻貓像極了，我一分鐘也呆不下去了。

這天晚上，我故意要疏遠貓，不讓牠（她）靠近我。牠（她）盯著我，一副隨時準備衝鋒的樣子，全身皮毛隨著喘息一起一伏地。突然牠（她）的目光軟了下來，哀求似的蜷縮在地上，那癡癡的眼神真讓人揪心。牠（她）叫了起來，貓兒叫的聲音很容易讓人聯想到女孩子發嗲，但這回的叫聲卻如此撕心裂腑，就像我幼年時養的那隻貓臨死前的叫聲。

我的脖子彷彿被什麼扼住了，我也想發出牠（她）那樣的叫聲。眼眶裏開始有些濕潤了，我控制不住我自己，走上去摟住了牠（她），把我們的臉貼得很近。牠（她）的眼中射出幽幽的目光，然後伸出了小小的舌頭，舔在我臉上。這時我才發現我的眼淚已掛上了臉頰，卻被牠（她）的舌尖舔去了。這真是一隻善解人意的貓，我——我不敢說後面的話了。天哪，我的牙疼突然加劇了，好像升了一級，就在這一瞬間。

第二天，我又清醒了，我明白自己不該如此衝動。我要擺脫牠（她），搬家嗎？不，我不想離開這小閣樓與老虎窗，而且我也搬不起，但我又不可能把隔壁鄰居趕走。在外頭轉了一天，我的牙疼看來也是「此恨綿綿無絕期」了，傍晚回家，又碰上隔壁那女人出門，她看我神色依然很怪。

這天的天氣很不好，非常悶熱，天氣預報說晚上可能要下雷雨。到了十點以後，貓果然來赴約了，牠（她）猛地撲在我後背上，用縮進了爪子的腳掌撫著我的脖子。牠（她）只要把爪子放出來，就足以抓破我的頸動脈，送了我的命。我突然有些害怕，抱住了牠（她），並把牠（她）放在眼前盯著，我希望能從牠（她）眼中尋找出什麼。

我見到了牠（她）黃棕色的眼珠，以及那一條縫似的瞳孔。在瞳孔中，我依稀能見到我自己，再往裏，竟是一個和尚，他手裏拿著一把鐮刀凝視著我。猛然間，這一切又都消失了，只剩下那雙眼珠和瞳孔。

南泉和尚，又是他，他一定在看著我。我立即把視線從貓的臉上挪開，在小閣樓裏尋找什麼，我在尋找一樣足以斬斷我的煩惱的東西。終於，我的目光落在了床頭上伸手可及的一把刮刀上。我心裏打了個哆嗦，不敢去碰，於是又把牠（她）緊緊摟在懷中，就像熱戀中的人一樣，這念頭掠過使我痛苦了起來。我的手向刀伸了過去。

這一過程是極短的，但卻好像走了很久很久。除了那隻手以外，我全身一動不動的，我怕極了，害怕讓懷中的牠（她）察覺。但牠（她）彷彿已沈醉在這甜蜜中了。這柔軟的軀體在我懷中，暖暖的，像一團火，既是帶給人溫暖的，也是帶給人危險的。我多想這一瞬成為永恒，我們兩個永遠這樣直到一起慢慢變老。

但我的那隻手似乎已不再安在我胳膊上了，那隻手似乎已屬於南泉和尚了，終於拿起了那把刀。

我不敢去看，閉上眼睛，把臉埋在牠（她）毛茸茸的頭皮和薄薄的耳朵。雖然不敢看，但我的手上卻好像長了一隻眼睛，帶著那把鋒利的刮刀，逼近了牠（她）的後背。我突然感到自己手裏握著的不是刮刀，而變成了把割草的鐮刀，這把刀儼然是南泉和尚親手交給我的。

此刻，另一種痛苦從我的口腔深處的神經中抽搐著，在這不斷升級的牙疼中，我好像見到了南泉山上那隻身首異處了的貓，又好像見到了我幼時那隻被處死的血淋淋的貓，牠們和我懷裏的這隻一樣都是美的。也許正因為如此，美才成了一種罪過，是的，美是會犯罪的，犯了誘惑罪，對於這種罪，南泉和尚說，只有處以死刑，立即執行。

現在，我的刀已開始觸到牠（她）的白毛了。

忽然我閉著的眼睛裏閃過一道白光，我立刻睜開眼看著窗外，又是一道，從夜幕的烏雲裏掠過一大片令人目眩的白光，那是閃電。接著從蒼穹深處傳來驚天動地的一聲巨響，炸開了一個響雷。這雷聲儘管只有一瞬，但卻充斥了我的小閣樓，我的耳膜和大腦。我鬆了手，刮刀掉在了床上。此刻差不多刀尖就要刺進牠（她）柔嫩的肌膚了。

牠（她）察覺了，是上天的驚雷提醒了牠（她），立即扭動起靈活的軀體，從我的懷裏逃脫，跳到床的另一頭盯著我。牠（她）發現了那把刀，牠（她）的眼神中掠過一絲巨大的痛苦，牠（她）現在什麼都明白了。

牠（她）發出了絕望的叫聲，這聲音伴隨著突如其來的雨點一同敲打我的玻璃窗。我理解的牠（她）的意思，牠（她）的呻吟就像幾千年來所有苦命的癡心女子。轉眼牠（她）的眼神裏又充滿了無奈的哀怨與仇恨，我真怕牠（她）會撲上來咬斷我的喉嚨，我哆嗦了，但我還是大著膽子要上去和牠（她）重歸於好。

牠（她）拒絕了。牠（她）不再是那似水柔情的美人的化身了，而更像是一個被遺棄了的苦命人。牠（她）對我充滿了恐懼和敵意，弓起了身子，隨時都會逃得無影無蹤。

雨，越下越大，雷聲再一次響起。而纏綿的痛苦從心底和牙齦裏兩個方向升起遍布我全身。

牠（她）走了，走得如此從容不迫，沒有回頭，保持了牠（她）的尊嚴與風度，消失在燈光中。我沒有追，我還敢追嗎？

時間彷彿停滯了，只有雨點不斷敲打著窗玻璃。

我牙疼了整整一夜，到第二天疼得似乎牙齒已不再屬於我了。我用了各種藥，也去看了牙醫，但毫無效果，始終查不出病因，是一種神秘的懲罰嗎？此後的三天，牙疼愈演愈烈，而那隻貓也再沒出現過，甚至連隔壁的女鄰居也無影無蹤了。我用力敲她的門，卻沒有反應。我只能到樓下去打聽她的情況，樓下一位老太太卻說從沒見到過我所說的這個女人，並且還說我隔壁那間房已經十幾年沒住過人了，根本就是空關著的。至於那隻貓，老太也從沒見過。

真不敢相信，可難道我親眼見到的都是假的。於是我又忍著劇烈的牙疼，問了這一帶其他十來戶鄰居，都得到了相同的回答。他們建議我到神經病醫院裏查查是不是有什麼病，還有人神秘兮兮地說我遇到鬼了。

不，牠（她）和她都是的的確確存在的，到底是我瘋了，還是整個世界的人都瘋了。我有一種感覺，如果不弄清楚，可能我的牙疼一輩子也好不了了。我決定冒一次險，用力地撞開了隔壁的那一扇門。天哪，這房間與幾天前的景象完全不同了，地上積滿了厚厚的灰塵，房梁上結了密密麻麻的蛛網，家徒四壁，空空蕩蕩的，佈滿了淒慘陰冷的空氣。的確是許多年無人居住了，可前幾天，我明明在這房裏與那女人說過話。噢，我的牙疼又開始折磨我了。

我疼得渾身軟了下來，坐倒在地上，揚起了一地的灰塵。我回想起那隻貓，但劇烈的牙疼使我腦中天昏地暗，但我唯一清楚的是，我明白我已永遠失去牠（她）了。

忽然我彷彿看見了什麼，那是南泉山上，南泉和尚的徒弟趙州正頭頂著草鞋，走出山門。他在向我微笑著，鐮刀與南泉和尚都消失了，只剩下一座高大的禪院與一隻復活了的貓。

我現在終於能明白趙州為什麼要頭頂草鞋了。

赤兔馬的回憶

四周的人都在說著江東話，吳儂軟語的，我聽不太懂，唯一能聽懂的，就是我的主人——關羽，明天將被處決。

我沒有悲傷，沒有像年輕的時候那樣從紅熱的眼眶裏湧出大滴的眼淚，這些眼淚會在冬天冒著熱氣，順著我紅色的皮毛一直向下，向下，滋潤乾燥的泥土，但現在沒有了。我一動不動地默默傾聽著他們的說話，我很努力，終於懂了隻字片語，也許我真的老了。

我老了。

我不再是那匹威名赫赫的千里馬了，不再是英雄的胯下一馬當先萬軍叢中取上將首級的神駒了，我像所有的老馬一樣，疲憊地甩著尾巴，肌肉習慣性地抽搐，彎曲著四條腿斜臥在馬槽邊。馬槽裏充滿了熱烘烘的馬糞和草料的氣味，冬天的草料是寶貴的，所以在馬的鼻子裏，聞來有一股特別的香味，這些氣味混雜在一起，讓我昏昏欲睡。我雙眼無神，看著馬廄外東吳軍隊黑壓壓的軍營和滿天的風雪，幾個大膽的士兵偷偷地圍著一團火取暖，還有一條不知是誰的狗對著火不停地叫嚷著什麼。

火苗像個女人一樣扭動著身體跳舞，我總覺得好像在哪裡見過，於是這火光照亮了我的記憶深處——

我第一次見到呂布的時候，他還年輕，營帳外的火照亮了他稜角分明的臉龐還有他高大挺拔的身軀。為董卓效力的李肅牽著我來到他的面前，我明白我的使命，我只是董卓的一個工具，一件對呂布的賄賂。那時的我也很年輕，剛從河西走廊那祁連山下的牧場中被捕獲馴化，成為了董卓西涼軍中一匹普通的軍馬，後來被董卓看中，進了他的大營。

第一次看見呂布，我就看穿了這個人的性格，對於這一點，馬通常總比人敏感，而對人的判斷力則更遠勝於人自己。在那個夜晚，他原本是要殺死李肅的，但他一見到我就改變了主意，他非常喜歡我，愛惜地撫摸著我的皮毛，我也像人一樣心領神會地表示了服從。於是，他因為我而改變了他的一生，他投靠了董卓，親手殺死了他的義父丁原，並且做了董卓的義子。從此，有了「人中呂布，馬中赤兔」的流行語。

真正讓呂布和我名滿天下的是在虎牢關前，我和我的主人將關東聯軍打得一敗塗地，張飛挺著丈八蛇矛出來，然後是關羽，最後是劉備，他們三個打呂布一個，真不要臉。在那個時候，我看清了劉關張三個人的臉，我說過，馬是善於預言的動物，這是一種神秘的能力，能預感人的未來。張飛長著一張黑臉，像個殺豬的，他將來會死於非命，頭會被割下來。

而關羽則儀表堂堂，漂亮的鬍鬚迎風擺動，按當時的標準來看是又酷又性感。他也會人頭落地，並且有兩個墓，但當時我卻沒有料到這個人居然會成為我的主人，所以，神秘的力量並不是永遠都可靠的。至於劉備，後人說他有天子之相完全是胡說八道，他只是一個普通的奶油小生罷了，眼睛很靈活，是一個劉邦式的人物，從第一眼起我就討厭他。

清晨的陽光灑進了馬廄，士兵們忙碌了起來，一個年輕的士兵走到馬槽前看了看，失望地說了什麼，然後繼續給我加草料，加得草料都滿了出來，亂七八糟地散了一地。很奇怪，雖然一直沒吃草，但是我依然不餓，面對香噴噴的草料，我顯得無動於衷，我真的老了。

突然我見到了我的主人，他似乎也老了，那張紅紅的臉膛上依然飄揚著五綹長髯。他被五花大綁著押了出來，穿著一身白色的衣服，和白雪融成了一體。他還想保持他的風度，努力挺直了身體，卻被一個吳兵踹了一腳，一個踉蹌倒在地上，他終於忍耐不住了，罵出了一句少見的髒話，幸虧他的山西話這兒沒人能聽懂，否則就真的晚節不保了。現在的關羽變得那樣陌生了，他像條狗一樣在地上爬著，被綁著的雙手無法使自己站起來，他痛苦地扭動著身體，對每一個人都大聲地罵著，罵得最多的當然是呂蒙。周圍的士兵沒有太理睬他，以一種驚人的冷靜看著他，也許常年的戰爭早已讓他們看慣了這種場面。最後，一個軍官扶起了關羽，並幫他拍了拍身上骯髒的泥和雪，關羽突然變得激動了起來，他居然流眼淚了，他從來沒流過眼淚的，他對那軍官說了聲：「兄弟，謝謝。」然後意味深長地點了點頭。關羽又抬頭掃了一圈，雪繼續在下，雪落在他亂糟糟的髮髻上，又化了開來，融化的雪在他的頭頂冒著熱氣，看起來真像是靈魂出竅的樣子。

「大哥，有沒有酒。」關羽突然低聲下氣地向那個軍官說。

他們給了他一碗酒，並給他灌了下去，他一口氣地喝完了酒，喝得太急，許多酒水從他兩腮的鬍子上流了下去，白衣打濕了一大塊。喝完之後，他的臉更紅了，他有了些醉意，這跟他的海量名號並不符合。他再一次懇求了他們：「大哥，能不能把這碗給砸了，殺頭的人臨死前都要聽個響的。」

於是軍官把碗重重地摔在一塊在雪地中突出的石頭上，粗瓷碗一下子被摔得粉碎，發出清脆響亮的聲音。關羽的表情很滿足，他又掃視了一圈，他看見了我。他張開嘴想對我說什麼，但是嘴唇嚅動了好久還是沒有說，我知道他覺得很丟臉，他在自己的坐騎面前丟失了面子。於是他把視線從我身上挪開，看了看烏青色的天空，他高聲地說了句：「兄弟們，動手吧。」

軍官恭恭敬敬地對他拜了拜，然後接過一把寒光閃閃的大刀，站在我的主人後面，一刀就砍在了關羽的脖子上。可惜我的主人運氣不太好，這一刀沒能把他的頭砍斷，只砍到一半就停在脖子裏了，也許是他脖頸裏的骨頭太硬卡住了大刀片。

「他媽的。」關羽大聲地罵了一句，這說明大刀還沒砍到他的氣管，他的臉更紅了，出現了一種奇怪的表情，不知是痛苦還是快樂。也許他真的老了，連骨頭都生硬了，看來要活受罪了。

軍官急了，他奮力地要把刀向關羽的脖子前面頂，可是刀刃就像是在他的脖子裏面生根了，一點都動不了，軍官後悔為什麼不用鋸子來鋸。軍官又努力地想要把刀從關羽脖子裏抽出來，可是依然抽不動，他舉著把沈甸甸的大刀，刀卻陷在關羽的脖子裏動彈不得，在風雪中這場面多少顯得有些尷尬和滑稽。

軍官對關羽說：「關大爺，麻煩您老用用力氣，試著能不能脖子往前或者往後動動。」

「兄弟，您看我脖子後面給砍了那麼大一個洞，我還動得了嗎？小伙子，用把力氣，我老了，你還年輕，過去我砍人的時候，從來都是一刀一個，從沒砍過第二刀。這砍頭啊，得講究三大要點，那就是快、准、狠，絕不能心慈手軟，更不能拖泥帶水，否則被砍的人不舒服，砍人的人也沒面子。想當年，我那刀下去，喀嚓，那聲音別提多乾脆了，人頭立刻飛到天上，你要是功夫高，那人頭也飛得高，有一回，一傢伙被我砍得人頭無影無蹤了，不知道飛哪去了，最後只能用泥巴做了一個假頭代替了。這叫什麼？這就是技術，一門手藝啊，我如果不當將軍，早是砍頭冠軍啦，我——」突然關羽的喋喋不休停頓了下來。原來在十幾名士兵的幫助下，軍官終於把刀從關羽的脖子裏拔了出來，一灘黑血從我的主人的後脖頸裏噴出來，濺了好幾步，把軍官噴得渾身是雪。在白茫茫的雪地裏，出現了一大灘的暗紅色。

「小兄弟，快上啊。」關羽現在真的是萬分痛苦了，他匆忙地吆喝著士兵們快上來砍下他的腦袋。我突然發現他的臉不紅了，一瞬間變得像白紙一樣蒼白。

軍官嚇了一跳，急急忙忙地也不管三七二十一地閉著眼睛又是一刀，這刀更慘，砍在了我的主人的肩膀上。

「你他媽的幹什麼吃的？」我的主人開始破口大罵。

「關大爺，太對不起了。」軍官再想把刀抽出來，可依然抽不動，他索性放了手，把刀留在了關羽的肩膀上。然後他換了一把刀，先大著膽子摸了摸關羽的傷口，比劃了幾下，這回他心裏有底了，一刀下去，果真一絲不差地砍斷了關羽的骨頭，然後是氣管，最後是喉嚨。

可是這一刀還是不夠徹底，我的主人脖子前面的一段皮還沒斷，所以他的大腦袋雖然歪了下來，露出了紅色的脖頸，可還像是個大皮球似的倒吊在脖子上。

我的主人用脖子吊著自己的腦袋，卻還筆挺地站著，只是血濺了一地。忽然他的身體動了起來，帶著肩膀上的大刀向前走了好幾步，他是向我的方向撲來了。在即將走到馬廄前，他的腳下被一塊石頭絆了一下，摔倒在地，然後渾身又抽搐了一會兒，最後終於安靜下來了。

他們真的找來了一把鋸子，把我的主人脖子上最後沒斷的那段皮給鋸了下來，終於把他的腦袋給搬離身體了，他們把關羽的人頭放在一個美麗的盤子上，送入了呂蒙的中軍大帳，就像是放了一盆美味佳肴，要去送給客人們享用。

在白色的雪地上，只剩下一具肩膀上嵌著把大刀的無頭屍體和一長串黑色的血，那身體是多麼熟悉，多麼讓人景仰。而現在士兵們拖來了一副薄薄的棺材，好不容易才抽出了大刀，把這關羽的身體裝了進去。他的身體將被埋在這裏附近的地方，而他的人頭將被做為禮物送給曹操，我能想像曹操看見我的主人的人頭時會是怎樣複雜的表情。

這就是一個英雄的死，雖然有些滑稽，就像歷史本身。

夜晚，雪下得更大了，昏暗的馬廄裏充滿了草料的香味，我依然沒有食欲，面對著滿滿的馬槽，我有氣無力地臥著。

我為什麼要吃，為什麼要活下去?這個問題人永遠都無法為我回答。我懶懶地抖了抖脖子，像一隻劣等的臥槽馬。我再次轉動了記憶的車輪——

第一次見到貂嬋是在王允的府第裏，我第一眼看到她，我就知道她和我一樣，只是一件工具，我開始明白，人也可以和馬一樣。她那年只有十六歲，也許還沒發育完全，臉紅紅的，嘴角帶著不自然的微笑。後來她被董卓佔有了，一天呂布騎著我偷偷地潛入董卓的府第，他吻了貂嬋，當時貂嬋對他說了什麼，我都記不清了，我只記得她的嘴唇，充滿了誘惑。董卓的突然回府，打斷了呂布的進一步行動，於是，在一個清晨，金碧輝煌的皇宮裏，呂布用他的方天畫戟刺入了董卓的咽喉。

我時常回憶起在跟隨呂布在徐州一帶輾轉奔波的歲月，在某一個夜晚，貂嬋會偷偷地來到馬廄，對我說話，有些細節我遺忘了，而有的，則像烙印一樣刻在我的心頭永不磨滅——她說她愛我。她愛我紅色的皮毛，愛我發達的胸肌，愛我修長有力的腿，愛我大大的眼睛。

她愛上了一匹馬，說來真有些不可思議，但她就是一個不可思議的女人。呂布常帶著貂嬋一起騎馬，他們兩個一同騎在我身上，我能感到她柔軟的身體和兩條完美的腿，在這個時候，我就有了一種表現欲，撒開四蹄狂奔起來，讓貂嬋在我的身上顛簸起伏，讓她快樂地叫喊起來，讓她把自己的臉埋在我的鬃毛中，讓她把雙手緊緊地摟著我的脖子。是的，在哪個瞬間，我也愛她。

現在，我老了，我不知道她在哪兒，如果她還活著，也一定老了，像棵老樹一樣立在荒涼的大道邊，回憶著長安城裏的青春歲月。

白門樓上，曹操和劉備看著下面的呂布還有我。曹操的臉像一把沈默的劍，我之所以這樣比喻，是因為他的雙目中放出的那種光芒，他不是一個凡人，在那個瞬間，我能深切地感受到這個會寫詩的人將怎樣地改變歷史，儘管我可以預見到他將被後人戴上一張白色的面具。

至於劉備，我說過他是我最厭惡的人。雖然我不怎麼喜歡我的主人呂布，但我不希望看到他死。呂布在被俘後曾要求劉備為他說幾句好話，劉備點頭同意了，隨後曹操也幾乎同意不殺呂布了，但是劉備突然插了一句：「公不見丁建陽、董卓之事乎？」於是，曹操下令絞死呂布。

那回是我第一次看到自己主人的死，和這回的一樣，不是死於戰場。呂布終究還是把舌頭吐出來以後再死了，他努力地像要憋住，不讓自己的舌頭跑出嘴巴，但他失敗了。他大睜著眼睛，滿臉恐怖，下巴和脖子上全是白沫，最後舌頭一吐，兩腳一伸，就這麼死了。我早就預見到了這一天，他只是一個匆匆過客，他所扮演的，也不過是個殺死董卓，讓漢室苟延殘喘最後送給曹操的角色而已，從這個意義上說，他和我一樣，也是個工具，歷史的工具。

在絞死我的主人的過程中，我看了看白門樓上的劉備，他的嘴角露著一絲曖昧的微笑，我知道他在享受，享受呂布的痛苦，他在復仇，向這個瞧不起他的世界復仇。我看出來了，劉備在內心深處是一個極端殘忍的人，儘管他竭盡全力地表現出仁慈。所以，從這一天開始，我恨他。

黑暗中的記憶像流水一樣突然被一道大閘攔住了，什麼地方的光亮了起來，我睜開了眼睛，從呂蒙的大帳內，走出一隊人，為首的一個抱著一個木盒，我知道，那裏面裝著我的主人的人頭。他們騎上了馬，馬蹄敲打著雪地，向白茫茫的北方奔去，去曹操的宮殿，那輝煌燦爛的銅雀台。我靜靜地傾聽著他們的馬蹄聲，在雪夜裏特別地清晰，彷彿是在我的心裏踩過去。

於是，我也聽到了一種馬蹄聲，同樣是敲打著雪地，事實上，這正是我自己發出的聲音，但不是現在，而是許多許多年前的祁連山下，那自由的時光。那時我還年幼無知，作為一匹野馬賓士在祁連雪峰下，我看著高高的雪山和羊毛般的白雲，時而獨自徘徊於祁連半山腰的草原，時而跟隨著大群的野馬去山下的戈壁灘。那匹領頭的黑馬健壯而老練，我們跟在牠後面有一種安全感，牠說過，等我長成為一匹成熟的馬，將由我來領頭。我常喜歡追逐一匹小母馬，牠全身白色，皮毛光澤奪目，漂亮極了，我們就在雪峰下玩著那古老的遊戲，總有一天，牠會為我生下一匹毛色紅白相間的馬，那一定是世界上最最美麗的動物。

這就是自由的時光，直到董卓的涼州兵來到這裏獵馬。他們也騎著馬，從四周包圍了我們，每個人都揮舞著馬套，打著奇特的唿哨，令我們不寒而慄。最後，我們一個也沒有落網，全被他們捕獲了。我們被運到了涼州，然後分隔了開來，從此以後，我再也沒有見到過我的小母馬。在我的背上多了一道道鞭子抽的血痕之後，我終於馴服了，我從野蠻的世界來到了一個文明的世界，我從一匹野馬變成了董卓的坐騎之一。於是，人人都說我是馬中的幸運兒，真的如此嗎？

許多年來，我不斷地回憶著那自由的時光，那祁連山的雪峰，那河西走廊的戈壁與草原，還有，我的小母馬。在涼州，我好幾次嘗試逃回去，但都沒有成功，當董卓帶著我走進了長安，我就再也沒有回家的希望了。在後來漫長的歲月中，我總是渴望著能在某個瞬間見到那匹小母馬，我知道牠也一定成為了涼州軍的一匹戰馬，我祈禱牠在無休止的戰爭中能活下來。

按照人的說法，我們是青梅竹馬，如果見到牠，不管牠變成了什麼樣，我都會認出牠的，我肯定。但我始終沒有再見到過牠，甚至連一個當年祁連山下的伙伴都沒有見過。每當看到戰場上死去的戰馬，或著是荒野裏白森森的馬骨頭，我就會想起牠們，還有我自己。

我希望我現在能趴在馬槽上沈入夢鄉，做一個幼年的夢，夢到自由的祁連山。

也許現在，關羽的人頭已經很遠了，在黑夜的馬廄，我不得不想起他高大的身影，從誅顏良、斬文醜到過五關、斬六將，再到華容道捉放曹和刮骨療傷、水淹七軍，他的影子又清晰了起來。我有預感，在遙遠的未來，他將成為一個神，受千萬人的頂禮膜拜，在我們這個國家的每一個角落，幾乎都有供奉他塑像的廟。我還能感到他後來又從一個戰神變成了財神，這實在太滑稽可笑了，關公與錢到底有什麼關係。

我還想到了許多人，娶了一個醜八怪老婆的可憐諸葛亮，老婆雖漂亮但自己的心臟卻特別脆弱的周瑜，等等等等——他們的名字與他們本身在許多年以後互相都不認識了，到那時他們不再是人了，他們僅僅只是一個符號，比如一橫一豎，比如幾個簡單的漢字，或者是紅色或白色的面具。我又抬起了頭，馬廄裏的草料香味越來越濃烈，天空中的白雪開始稀疏了下來，東方的天際像一條死魚一樣翻起了牠白色的肚皮。

在那白色的肚皮裏，在白雪與黑夜間，我似乎能看到一座巨大的城市，人口繁密，商賈雲集，我知道那已是另一個遙遠的王朝了。在一間酒樓或茶肆裏，有一大群人圍在一起，或是販夫走卒，或是拉車的挑水的，他們聚精會神地看著一個老人，老人撚著稀疏的鬍子，乾咳了一聲，然後郎聲道：「話說天下大事分久必合，合久必分——」

這個老人是誰，無關緊要，也許這樣的人有許許多多，重要的是我從他的嘴裏聽到了我所熟悉的那些名字，那些事情，那些地方，還有我自己。

我老了，我厭倦了這一切，在草料的香味中我知道天快亮了，我看了這天空最後一眼，什麼都沒有留下，然後，我閉上了眼睛。永遠，永遠閉上了眼睛。

在一片黑暗中，我靜靜地傾聽著那些千年以後的話。我感到自己已不再是一匹馬了，我變成了三個音節，三個漢字，變成了一個奇特舞臺上的一隻馬鞭。

我是赤兔馬？曾經是。